Elisa Aseva

Über Stunden

ELISA
ASEVA

ÜBER
STUNDEN

POSTS

Weissbooks

Umschlaggestaltung: Johannes Schroth, Newskooldisplay, Berlin
Gestaltung und Satz: Harald Hohberger Grafikdesign, Berlin
Druck und Bindung: Friedrich Pustet GmbH & Co. KG
ISBN 978-3-86337-183-8
www.weissbooks.com
info@weissbooks.com

life is demanding without understanding i saw the sign

20//12//2017 - 21:34 von fischen im eis träumte ich letzte nacht. zwei waren es, von orange schillernder farbe, tot waren sie nicht, nur in einem moment festgehalten, der nicht mehr verging. aus der unteren ecke des eisquaders ragte des einen schwanzflosse heraus. unter der flosse eine kleine, sich gleichmäßig in meine richtung ausweitende pfütze. ich wusste nichts anderes zu tun als zu warten, bis alles eis geschmolzen war

23//02//2018 - 12:45 „Die Essener Tafel, die Lebensmittel an Bedürftige verteilt, nimmt derzeit nur noch Deutsche als Neukunden auf. Der Verein habe sich dazu gezwungen gesehen, weil Flüchtlinge und Zuwanderer zwischenzeitlich 75 Prozent der insgesamt 6000 Nutzer ausmachten, erklärt der Vorsitzende Jörg Sartor. ‘Wir wollen, dass auch die deutsche Oma weiter zu uns kommt.’“
ich stelle mir sarrazin 2018 als zufriedenen menschen am frühstückstisch vor, kaffee schlürfend, ein ei aufschlagend, zeitung lesend

25//02//2018 - 18:28 vögel ey. man kann nicht darauf hoffen, dass sich etwas von der anmut ihres flugs, der gewissheit ihrer bewegung + der leichtigkeit ihres daobenseins in uns wiederfände. dafür wackeln wir immerhin nicht ständig mit dem kopf

19//03//2018 - 12:01 lost my glasses in marseille found new ones in istanbul

11//04//2018 - 16:24 eine stadt ohne bajajs, ein himmel ohne sterne

12//04//2018 - 18:56 ein vorteil, wenn man nur alle 10 jahre aufräumt - ein schöner fund nach dem anderen ❤

21//04//2018 - 12:20 *tezeta*
das *ghion* ist eine der größeren hotelanlagen in addis abeba. nicht unbedingt die erste wahl für westerner um firstworld-komfort zu genießen, doch ein bekannter und traditionsreicher ort in addis.
die märchenhaften parkanlagen, der altmodische vergnügungspark, die ausgedehnten hotelterassen, der blaue, blaue swimmingpool - alles hier erzählt vom glanz vergangener tage und den vergessenen träumen eines anderen afrikas (die allerdings den westlichen gewändern nie ganz entwachsen durften). *tezeta*, der amharische ausdruck für eine gewisse nostalgische sehnsucht, ein wehmütig gefärbtes verlangen, bedarf bei einem besuch des ghions keiner erklärung - sie lebt hier in jeder windbewegung, jedem schattenspiel und natürlich dem glitzern der wasserbecken.
auch der ethiojazz hat auf dem areal wieder ein zuhause gefunden, seit mulatu astatke dem „african jazz village" 2013 zur wiedereröffnung verholfen hat. die bar stand in den späten 60ern + frühen 70ern für die hippe jazzavantgarde addis abebas.
ich habe in addis irgendwie nicht so viele fotos gemacht wie

üblich, war eher mit anderem aufnehmen beschäftigt + hatte vielleicht auch skrupel, auf alles bzw jede draufzuhalten.
die für mich interessanten sachen waren ohnehin oft gar nicht visueller natur.
im ghion hotel aber konnte ich gar nicht mehr aufhören.
als müsste ich es festhalten, sonst würde es verwehen oder was. ein ort wie zuckerwatte

22//04//2018 – 15:37 neuköllner farbpalette: die designer haben sich in dieser saison von luftiger eiscrème + den neuen flüchtigen beziehungsformen inspirieren lassen
(frühjahrskollektion 2018 rathaus nk)

04//05//2018 – 11:53 an unserem letzten tag waren wir zu einem größeren essen bei sehr freundlichen verwandten geladen, die dem muslimischen teil unserer familie angehören (die religiöse zugehörigkeit war eigentlich nie zu erkennen, wurde aber immer explizit genannt, wenn gerade von irgendjemandem die rede war. als würde diese bedeutsamkeit mit einem mal den nebel über dem ansonsten verhangenen gesamtzusammenhang lichten). wir verließen die feier ein wenig früher, um noch ein paar stunden durch die stadt zu treiben, letzte avocado juices und so weiter. gegen abend bat ich meinen halbbruder, uns vorbei an den botschaften, der universität von sidist kilo und dem shiro meda market, aus der stadt hinaus zu fahren. hoch auf den mount entoto, um genau zu sein, 3200 m über dem meeresspiegel. bei unserer ankunft setzte die dämmerung ein, die betenden um die beta maryam zündeten diese dünnen kerzenstifte und auch den weihrauch an. dessen geruch mischte sich mit dem duft der eukalyptusbäume. niemand sprach. mein bruder erklärte uns,

die betenden seien pilger, die zur heilung ihrer krankheiten hierher gereist seien, manche würden die ganze nacht hier wachen. tatsächlich wurden wir nun erst der buden gewahr, die die dorfplatzartige fläche vor dem eingang zum kirchhof säumten und dort devotionalien und eben jene kerzen und weihrauch anboten. eine frau löste sich aus der gruppe der betenden und sprach uns an. sie bete hier aus dankbarkeit zur gottesmutter, sie sei viele jahre krank gewesen, ihre augen hätten die farbe von trübem schmutzwasser gehabt. etwas gefräßiges hätte sich damals in ihrem bauch eingenistet, sie fürchtete, daran sterben zu müssen. deshalb sei sie jeden tag hergekommen, auch viele nächte hätte sie hier verbracht. bis der tod endlich ihren körper verlassen hätte, und zwar in gestalt von tieren. eidechsen, schlangen, würmer und kröten kamen mehrere tage lang beim wasserlassen mit, begleitet von hohem fieber. dann seien ihre augen wieder hell geworden, und 1 jahr später durfte sie eine gesunde tochter gebären. in diesem moment winkte sie ein mädchen herbei, vielleicht zehn oder elf jahre alt. an jedem wochenende und allen feiertagen begleitete sie ihre mutter, um zur heiligen
maria zu beten. sie, der gottesbeweis, gab mir, fidél und meinem halbbruder der reihe nach und mit großer selbstverständlichkeit die hand. schon während des gesprächs fragte ich mich, ob bzw wann das gespräch die wendung zur bitte um eine spende nehmen würde. aber das geschah nicht, es blieb bei der nachdrücklichen bitte, die heilige mutter für ihre wundertätigkeit zu ehren. wir blieben noch einige minuten vor der kirche, zwischen den betenden. dann liefen wir den hügel hinab, dorthin, wo das auto parkte, und schauten noch einmal über die stadt, deren lichter nun im abendhimmel glitzerten. wind ließ die bäume rauschen und schien zu versprechen, die frohe kunde ihres duftes in die welt zu tragen, weit weit hinaus, überallhin

04//05//2018 – 22:52 demokratieextremismus der mitte

07//05//2018 – 09:37 Boris Palmer, du bist evtl mein lieblingstrottel?

16//05//2018 – 16:59 stichwort strichcode-verschwörung – unterschätze ich stets das real existierende psychosenlevel?

25//05//2018 – 18:00 jetzt also so enddreißiger sachen. kaffee ohne koffein, genuss ohne aufregung, küssen ohne fummeln, kino ohne gewalt und zigaretten nur am abend. na vielleicht trink ich ein glas portwein, später

13//06//2018 – 19:06 kinder. halten die fackel des chaosprinzips hoch, essen reichlich und ausgewählt (nix grünes!), und ihre blicke treffen den schmelzpunkt eines elternherzes recht exakt. mit zunehmendem alter allerdings öffnen sie türen zu welten, die durch die kläranlagen deines bewusstseins längst in tiefliegende verdrängungsablagen sortiert wurden. und so, eines sommertages, findest du dich auf einer holzbank des sportzentrums hansastraße weissensee wieder in der hoffnung, es sei bitte dieser andere junge da im ring, der lädierter aus der sache herauskäme. durch ein gekipptes fenster weht autoradiosound in die halle, it's a cruel cruel summer

03//07//2018 – 16:06 küsse. fest und weich und gleich wieder vorbei, wie erdbeeren. immer schön, aber schöner noch im sommer.
ich weiß das. und weil ich gar nicht so viel gelegenheit und stimmung zu diesen sommerküssen habe, bin ich glücklich, wenn sie mal angeflogen kommen. wie am sonntag auf einer kleinen neuköllner wiese neben dem flaniergebiet am karl-marx-platz.
nun bin ich aber das erste mal dabei ermahnt worden. von einer gestrengen vielleicht elfjährigen, die aus sicherer entfernung doch mit fester stimme zu uns herüber ruft: das ist ekelhaft, was sie da machen. ich muss gleich kotzen.
haha die wiese verstummt, all eyes on us. selbst die sich ausnüchternde frau unterm bäumchen scheint zu erwachen. wir küssen aus lauter verlegenheit erst mal weiter. machen sie das zuhause, solche dreckigen sachen. hören sie sofort auf. nun mucken unsere wiesennachbarn langsam auf. sie sehen das alte berliner gleichgültigkeitsgesetz verletzt, es soll trotz zeitenwandelpipapo seine gültigkeit behalten. ein mann, der bis eben noch geduldig mit seiner enkelin gespielt hat, schaut mit einem mal ganz wild aus seinem wütendroten kopf heraus. schariapolizei, ruft er in richtung der fast kotzenden elfjährigen. und zu uns: von den eltern geschickt. solche zustände haben wir hier jetzt.
das mädchen beachtet ihn eh nicht. zu sehr ist sie mit dem aufsagen ihres textes beschäftigt. insgeheim bereitet sie aber (ich merke das!) bereits ihren abgang vor. sie sind so ekelhaft, echt. ich will so was nicht sehen müssen, wir sind ja noch kinder. das war's dann. sie läuft nun zu ihrer freundin und zischt: du hast doch gesagt, ich soll hingehen, mann. der großvater rollt kopfschüttelnd die decke ein, seine enkelin schenkt uns das letzte melonenstück, und die trinkerin hat schon lange das feld geräumt

31//07//2018 - 13:25 frauen, so sagen wir es untereinander, so lautet die gesellschaftliche empfehlung, so lehren wir es unseren töchtern, sollen sich wehren. sie sollen nicht mehr hinnehmen, was ihnen an verächtlichkeit und aggression entgegengebracht wird. aber halten wir den mund, laufen mit versteinerten gesichtern durch die über uns ausgeschüttete gülle, weil wir keinen mut und kampfgeist besitzen? es ist einfach nur die sehr realistische einschätzung, dass da gewalt lauert, die darauf hofft, entfesselt zu werden. nicht selten, nicht als schockierende ausnahme, für jede zu anderen bedingungen, aber als einzelne nicht zu bewältigen. die in dunklen ecken masturbierenden typen aus teenagertagen, die eine verfolgungsjagd (eine von unzähligen), die in der u-bahn begann und unter beschimpfungen durch das halbe viertel führte, eine situation in einer telefonzelle, in die ein vollgedröhnter typ sich eintritt verschaffte, hunderte nächtliche begegnungen und drohungen haben mich gelehrt – die selbstbehauptung, der widerspruch kann dich einiges kosten, im zweifelsfall alles. und im wahrscheinlichen fall lässt die angst vor einer verwicklung in eine unklare, gefährliche situation menschen daneben stehen, weitergehen oder schlicht keine notiz nehmen. ich zolle allen freundinnen, die sich zur wehr gesetzt und dafür eingesteckt haben, großen respekt. allen, die geschaut haben, dass sie aus der situation herauskommen, ebenso

03//08//2018 - 11:04 die hitze verändert die stimmung schon sehr, nicht? die nächte sind nun seltsam ruhig und träge und überhaupt von veränderter schwerkraft, als würde man sich durch honig bewegen. und weil der regen nicht kommen mag, gibt es diese jähen entladungen von leidenschaft, euphorie oder zorn. letztens auf der jannowitzbrücke die szene eines jungen paares zwischen den dahingleitenden nachtschwärmern. sie aufgebracht – alter, was kommst du mit liebe, was denkst du dir eigentlich? ich könnte irgendsoeine scheißinfluencerin sein OKAY?!? einen augenblick stehen sie nur so da, wie in einem aufdringlichen theatermoment, dann fallen sie sich in die arme und mischen schweiß mit tränen

05//08//2018 – 12:29 der beste tag!

07//08//2018 – 22:24 schleppe schweren einkauf durch den hitzehipsterkiez, dann dabei, die haustür aufzuschließen.
da, unerwartet, von hinten: „hello?" sonnenverbrannter typ (also wirklich zahnfleischrot) zu mir „can i ask you sth?"
„well, depends"
„are you from brazil?"
ich überschlage rasch den zu erwartenden zeitaufwand der antwortoptionen + entscheide mich für die zweitkürzeste „no"
„where are you from then? i'm from italy"
warum antworte ich überhaupt mit den schweren taschen vor meiner haustür usw?
naja. weil ich eine höfliche person bin + leuten gerne aus ihren projektionen heraushelfe
„from africa :) ethiopia"
„wonderful! very proud people. you know we've been there"
„um i know"
„so we share a common history! let's meet and connect through that"
ich muss lachen + er lacht einfach auch wegen connection + so

10//08//2018 - 15:46 ist vielleicht auch einfach so, dass sich für uns, die unterwegs zur welt kamen, im unterwegssein auch am ehesten ein zuhause finden lässt

22//08//2018 - 22:24 nach diesem leben werde ich disney prinzessin. oder fossile energie

24//08//2018 - 11:27 hab das wort hippie nie anders als verächtlich ausgesprochen. mag viele sachen nicht, die hippiesk sind: dümmliche konsumkritik, die fusion, überzogene fokussierung des selbst in wirklich allen dingen (hab eine depression entwickelt, das leid der flüchtlinge ist einfach zu viel für mich blabla). und menschen, die sich gar selbst so bezeichnen, man möchte sie lieber nicht kennen ... anyway. mein bild ändert sich, seitdem ein italo-hippie nebenan eingezogen ist und zwischen thirdwavecoffeespots, martensteins + özdemirs und tourirestos erst einen bambuswald errichtet hat und meine straße nun nach und nach in einen garten eden verwandelt. gestern stand er mit zwei nachbarn in den beeten, und sie haben barfuß gegossen und ausgesät. nur eine frage der zeit, bis hier alle opium rauchen und kopulieren

27//08//2018 - 19:16 letztens traf ich bekannte - ich auf dem weg zur arbeit, sie beim morgendlichen spaziergang am ufer entlang.
weil wochenende. weil jahrhundertsommer. gleich noch über den flohmarkt schlendern. danach kokos-minz-himbeer-pancakes in dem neuen vietnamesischen frühstücksladen. dann die wohnung am böhmischen platz (!) renovieren, da

ist noch so altes parkett drin, so aufwendig, ein kreuz. häh, wie habt ihr denn da ne wohnung gefunden? ach x wohnt da schon ganz lange, war mal ne 5erWG (stimmt, war immer schön viel absturz + gefummel bei deren parties), aber so nach und nach ... seit kurzem wohnt jetzt die y da. und weil ja nun doch was neues beginnt ... (sie schenken sich langen tiefen blick) kind unterwegs? frage ich. quatsch nein! sie haben aber beschlossen, es zu wagen, jetzt auch mal zusammen an projekten zu arbeiten. es gibt da schon so eine geschichte mit einem experimentellen kulturfestival in lagos, da fliegen sie nächste woche zur vorbereitung hin, müssen bis dahin auch richtig ranklotzen. danach würden sie aber nochmal richtig urlaub machen, um zur ruhe zu kommen. es gibt da so eine thailändische insel, ganz abgeschieden und überhaupt nicht touristisch. sie bräuchten das nun einfach, nach den ganzen verausgabungen im vergangenen jahr. (der kolumbientrip im frühjahr war wohl auch megaverausgabend.) und du so? jaja ganz okay, ich muss jetzt leider schnell los, bin spät dran. beim nächsten mal dann. CIAOOOO.
früher fand ich so neidhammelfiguren wie mich traurig. aber früher hatte ich auch von vielen anderen dingen keine ahnung. powercouples finden sich zusammen wie sternenstaub, leuchten auf und scheinen alles zu überstrahlen. gleißendes licht, das zum sichabwenden zwingt. dann irgendwann, eine unerwartete kollision, der einschlag von meteoriten. wir werden zu zeugen des zusammenbruchs zweier systeme, einer galaxie. am ende regnet es asche, viele ewigkeiten lang. und die tiefe schadenfreude dann ist viel niedriger als das bisschen neidige verachtung jetzt. gönn dir

29//08//2018 - 00:05 seit es online dating gibt, lernt sich das viertel noch mal besser kennen. im neuen biosupermarkt zwischen sellerie + verschiedenfarbigen rettichen: sieh an, das ist doch der typ, der auf rimming und kuscheln steht, NIEMALS ist der erst 39. oder an der bushaltestelle: ah, das creepy couple, das eine zum vögeln + zum in-den-zoo-gehen sucht, jetzt tun sie hier so verliebt. was, zwinkert die mir etwa zu? ich lauf lieber

30//08//2018 - 21:54 vormittags kintopp, wie liebe am nachmittag. eher selten, etwas eilig + anschließend geht man als glückliche fremde durch den tag

02//09//2018 - 11:56 was ist eigentlich für die lebensabschnitte nach berufsfindung + kinderkriegen vorgesehen?
ja ich weiß, die leute mit „ersparnissen“ reisen, und wir andern entwickeln interessante krankheiten, mais sérieusement, déjà maintenant?

04//09//2018 - 00:50 ¯_(ツ)_/¯

04//09//2018 - 16:50 boddinstraße, 00:45 uhr.
uneinschätzbare crew von drei typen zieht an auf bank sitzender junkiecrew vorbei.
o bruder, dein gesicht hat gefehlt, wo warst du bruder?
im dunkeln bruder. kein licht, nur hoffnung bruder,
seit halbem jahr draußen bruder
bleib stabil bruder. wir brauchen dich hier

(das mit den wiederholungen gefällt mir auch)

10//09//2018 - 14:59 ein erster traum, in dem die digitalwelt eine rolle spielte. wurde einer chatgruppe hinzugefügt, die aus anderen gruppen amalgamiert ist, eine art supergroup. gruppenthema war der austausch von musikplaylists, aber dazu kam es gar nicht, weil wir uns in endlosen chatpläuschen ergingen. irgendwann wurde zur aufnahme- und teilnahmebedingung gemacht, dass alle mitgliederinnen kleine, stimmungsreiche imagefilme einstellen sollten, welche aufschluss über wichtige biografische stationen zuließen, aber auch die persönlichkeitsfarben der einzelnen zum ausdruck brächten. diese schnellgeschnittenen filmchen funktionierten dann genau wie die bildabfolge, die sich bei dem autounfall 1995 in meinem kopf abspulte, während wir die böschung herunterrasten und uns mehrmals überschlugen. ich hatte damals für anderthalb tage keine erinnerung an die jüngste vergangenheit, nur diesen letzten bildertunnel und später die sanfte ruhe des dampfenden morgenwaldes beim erwachen aus der ohnmacht. in der chatgruppe war es aber laut + alle sprachen wild durcheinander. man hätte eine machete gebraucht um, sich noch zurechtzufinden. ich bin dann aufgewacht

13//09//2018 - 00:20

❤

nachtschicht im sehnsuchtskino des stundenhotels

13//09//2018 - 14:50 was ja nun doch anders ist als in den neunzigern – als meine verwandten damals besorgt anriefen, ob wir nicht doch nochmal weiterwandern wollten sollten müssten, wenn die wiedervereinten deutschen so offenkundig zu mordlust neigten, da standen die fragen des

wie (ohne europäischen passbesitz, ohne finanzmittel, ohne behandlung der tuberkulose meiner momma) im vordergrund – das wohin wurde gar nicht diskutiert. in die USA, where else. keine ahnung, wie die frage nach einem escape place heute zu beantworten wäre, und natürlich weiß ich auch, fluchtrouten werden mit dem stift der notwendigkeit gezeichnet. kommt mir aber vor, es würde helfen gegen aufsteigende unruhe, so ein ass im ärmel. mehr wie ein talisman – das wissen um einen ort, an dem es anders sein wird.
kann sein, er lag schon immer in der zukunft, ich möcht ihn nur gern etwas näher haben

16//09//2018 – 11:28 wohin? zu den deutschen!

hab nun urlaub, doch mein geld reicht nicht zu großen farben + strandpromenaden + anhaltendem sommer. was tun, in deutschland urlauben?
das hab ich (bis auf ein paar heimliche amrumfahrten) noch nie gemacht. wer weiß, vielleicht gibt's was rauszufinden in rothenburg ob der tauber, saubach oder worpswede.

17//09//2018 – 18:13 ob das in anderen städten auch so ist? es lässt sich durch keinen berliner innenstadtpark mehr wandeln, ohne mindestens einem bondage workshop zu begegnen. nichts gegen eure kinks. aber wenn sie so als das neuere hacky sack daherkommen, wie soll man da nicht shamen?

20//09//2018 – 14:01 „die ist etwas too much" – eigentlich immer ein hinweis auf eine ganz fantastische persönlichkeit

22//09//2018 - 16:00 da in dem kinderheim, in dem ich zeitweise aufwuchs, sich kinder + jugendliche aller altersklassen 1 fernseher teilen mussten, kam ich bereits in jungen jahren in kontakt mit interessantem, überforderndem kram. der erste ordentlich dosierte angst- + lust-cocktail dann im alter von sieben, gereicht durch die deutsche erstausstrahlung der trilogie um die dreibeinigen herrscher. hat instantgekickt.
verstehen konnte ich daran nichts, erreicht hat mich alles. die dystopisch entsättigte welt, die paranoia, das widerstandspathos, und überall – angst angst angst.
paar jahre später las ich die buchreihe von john christophers, und die war noch etwas geiler.
alle kinderteenies sollten sie irgendwann geschenkt bekommen + sich davon in eine gute richtung hin verstören lassen

tripods ❤

23//09//2018 - 21:45 „kondome spirale linksradikale" öhm ...
na gut, wenn's gegen die fundis geht

23//09//2018 - 22:06 steigende wan tan
pfeifender samowar
futon der wetter
leuchten kann

so heilt
fast jeden jänner
die seele
im hamam

26//09//2018 - 19:00 verwirrend die post-subculture-gegenwart - hipster sehen aus wie antifas, nazis wie wavepunks, antifas wie nazis, rnb queens wie goths und radical fems wie ulf poschardt.
nur ich immer mehr wie meine mutter

27//09//2018 - 09:07 nicht direkt ein kinderbuch. tief beeindruckt hat mich das chinesische märchen vom umsichtigen und listigen affenkönig sun wu-kung dennoch.
mega kurze zusammenfassung - sun wu-kung ist mit recht unbedarften mönchen unterwegs, die buddhas schriften nach china liefern sollen. der affenkönig warnt vor allgegenwärtigen dämonen, wird dafür von den mitreisenden augenrollend als dauerstörenfried ertragen + manchmal auch getadelt. am ende kommt's natürlich dick + er muss alle raushauen.
man könnte das als metapher für jede menge kram bemühen (wehret den anfängen! usw) aber die eigentliche moral liegt wohl in den fantasieanregenden battleszenen. kinder können hier was über die schönheit des kampfes und die dummheit bürgerlicher verblendung lernen.

empfehlung :)

29//09//2018 - 08:20 zu spät kommen ist mehr als nur hobby.
zu spät kommen ist kink, ist dopamindusche. vergrätzte freundinnen, schäumende kollegen, mordlüsternes flughafenpersonal oh the intensity ❤

30//09//2018 – 18:44 neidig sein, es kommt vor. zum beispiel auf die wundersame fähigkeit einiger leute, sich zu jeder zeit und an jedem ort in tiefen erholsamen schlaf fallen zu lassen. clubecke, audimax, kaufhaustoilette – egal. so mühelos und doch der schlüssel zu großem glück. mein körper kämpft immer + immer noch gegen schlaf. wie bei einer fünfjährigen, die nichts verpassen will von wundern, die die ablaufende zeit mit sich bringt. dabei ist schlafen en fin das eigentliche paradies – gut eingerichtet, dass ganz am ende eine unendliche menge davon auf uns wartet

04//10//2018 – 23:33 wenn dich jemand fragt, was deine lieblingsfarbe sei + du gerade nicht so in der stimmung für unlustigen quatsch bist + und er anhebt über die soziale kulturelle historische pipapodimension von farben zu referieren aber gleich wieder aufgibt, weil sackgasse irgendwie + stattdessen von der kindheit in süddeutschland erzählt, wo sie ein liebstes spiel hatten, das mit dem schwarzen mann + wie schlimm das alles war + immer noch sei, weil die leute heute ja dieselbe angst hätten vor dieser farbe, dieser hautfarbe + die kinder spielten das ja heute noch, riefen ungebrochen in ihren alemannischen oder schwäbischen waschungen „wer hat angst vom schwarzen mann“ + überhaupt deutschland, als schwarze person bestimmt schlimm + du kurz darauf hinweist, dass dieses gespräch nun langsam mal gewendet gehört (wie war nochmal die frage, lieblingsfarbe hm ok latzhosenlila) + er nun seine ganze schuld erkennt (ja klar sorry ich fühle mich so dumm, was hab ich getan entschuldige bitte, gerade als weißer oder als deutscher ...) + es dann noch etwas weiter in diese richtung spaziert, dann fragst du dich, warum er auf keiner getränkekarte dieser stadt zu finden ist, der wunderbar klare themenwechsel auf eis

05//10//2018 - 09:19 alljährliche romantik des untergangs, letztes aufleuchten vorm großen schnitter. der herbstlichen nazischwere lässt sich am besten mit zombie splatter + natürlich vampir❤streifen begegnen

06//10//2018 - 15:22 sorry, aber ich habe die flussauf flussab klügsten muskulösesten kicherndsten mutigsten liebevollsten + (wermutstropfen) trinkfestesten freundinnen ÜBERHAUPT

07//10//2018 - 20:57 aufstehen? wir sollten jetzt diese andere sammlungsbewegung an den start bringen.
eine in jeglicher hinsicht richtige + wichtige, tatsächlich einigende, bessere. ein zeichen der gesellschaftlichen versöhnung setzen, den neubeginn wagen. achtung, geht gleich los.
ach + bleibt bitte sitzen oder liegen wherever you are.
ihr müsst nichts tun als eure eltern, bullies, exen + all die leute, die euch mal auf irgendeinem plenum argumentativ zusammengekloppt haben, markieren
#schwammdrüber

11//10//2018 - 17:39 wenn leute sich umarmen, als hätten sie sich zuvor mit kotze eingecremt

12//10//2018 - 12:34 nachts sind alle katzen grau + nazis gehören versohlt

14//10//2018 – 09:53 es sollte viel mehr spiegel in der stadt geben. jetzt nicht so plump à la verspiegelte fassaden, sondern subtil eingesetzt. hier und da eine brandmauer, ein dachabschluss, ein ubahnbrückenpfeiler, ein glitzerndes brunnenmosaik. mit einem mal alles lichterfüllt, selbst die finstersten hinterhofecken leuchteten sonnenuntergangsrot, und sagen wir ein blitzgewitter verwandelte straßenzüge zu strobo floors. wenn menschen dann noch transparent wären + wir unseren organkonstruktionen beim werken zusehen könnten, wäre das nicht bereits eine der besten aller vorstellbaren welten?

15//10//2018 – 18:57 unterhalte mich mit einer guten freundin über ihr tinder game.
sie geht es systematisch an. ein erstes „date" findet ausschließlich morgens zwischen halbneun und zehn statt, danach muss die künstlerin arbeiten. einen ganzen abend an ein ungewisses treffen zu verschwenden käme für sie nicht in frage. + irgendwie ist sie auch überzeugt, den menschen sei am morgen noch eine gewisse nacktheit eigen, als gelängen ihnen da die inszenierungen noch nicht. das gefällt ihr. sie wählt auch stets denselben ort für ihre treffen – das bäckereicafé süss am hermannplatz.
von ihrer wohnung aus muss sie nur ein paar schritte dorthin stolpern, ihre dates reisen dafür bisweilen vom anderen ende der stadt an. aufgrund des berufsverkehrs ist die atmosphäre im süss bereits am frühen morgen geschäftig, der vielen stammgäste wegen aber auch herzlich – man kennt sich dort. so oft hat meine freundin hier schon ihren ersten kaffee eingenommen, dass sie die kommenden abläufe fast auf den punkt vorhersagen kann. eben noch, erklärt sie ihrem schlafäugigen gegenüber, waren die schüler da, ein einziger purzelnder kaninchenstall. jetzt sitzen vor allem busfahrer um

uns herum und kontrolleure, und gleich, warte! ah ja da sind sie schon, die ersten polizeieinheiten. keine fünf minuten später steht der laden dunkelblau gefärbt von all den uniformen. sobald die hier weg sind, kommen die little birds, die älteren frauen, die nur die zeit absitzen, bis karstadt endlich die türen öffnet.
ist das nicht alles großartig? fragt sie mit ruhiger begeisterung, und ihre augen gleiten über die treibende, hupende bewegung des platzes, als würde sie die dampfenden wälder eines ihrer landsitze überschauen.

Nun, es läuft ganz gut, ihr tindergame. alle paar wochen muss sie sich trennen von irgendwelchen vögeln wegen fehlender eigenständigkeit oder ähnlichem. einige von ihnen bleiben dann hängen ihm café süss – es sind die einzelstatisten an den kleinen seitentischen, von meiner freundin flüchtig begrüßt, während sie den laden betritt, in erwartung eines neuen dates, eines neuen tages, einer neuen aufführung ihres immergleichen stücks

18//10//2018 – 16:22 manche menschen werden gerne mit dem wort „geerdet" beschrieben. natürlich positiv belegt – in sich ruhend, nicht abgehoben, mit beiden beinen fest im leben stehend. dabei ist doch gerade dieses fest verwurzelte, unverrückbare nur beklemmend. tröstlicher der gedanke an jene, die der begriff an keiner stelle erfasst. also jene, deren silhouetten mitten im gespräch aufleuchten, zucken + verschwimmen und deren farben je nach lichteinfall changieren. nur zu lange in die augen blicken sollte man ihnen nicht. wer möchte schon ewig fallen im reinen äther

20//10//2018 – 12:10 bei schnupfen erkältung grippe ist koks das berliner hausmittelchen der wahl. beim niesen staubt's, man sieht nonchalant darüber hinweg. nur die gespräche laufen jetzt schneller als rotznasen

21//10//2018 – 10:04 alljährlich wenn der winter naht, erinnere ich mich an unseren nachbarn aus kindertagen. herr müller zeigte uns einige deutsche wunder – fast am eindrücklichsten habe ich jenes der ersten verschneiten morgen in erinnerung. wie meine momma, mein bruder und ich uns vorm fenster versammelten und durch die beschlagenen scheiben herrn müller bestaunten, der sich im garten im flauschigen schnee wälzte + von oben bis unten lustvoll damit abrieb. sowas hat ein deutscher mann bei der wehrmacht gelernt, rief er uns einmal fröhlich zu + das fanden wir damals schon merkwürdig. noch etwas merkwürdiger empfand ich den für mich ersten anblick eines erwachsenen penis. noch dazu eines wehrmachtsgestählten

23//10//2018 – 01:01 dame, so 70, betritt die ubahn + klappt den schirm ein. zunächst schaut sie sich prüfend um + wendet sich dann an einen müde dreinblickenden typen in malermontur „herzlichen glückwunsch, sie haben die allerdreckigsten hosen des tages. ja müssen sie gar nicht den kopf schütteln, besser ich sags ihnen, als jemand, auf den sie was geben"

23//10//2018 – 16:48 bevor das netz in die wohnzimmer strömte und damit auch die möglichkeit, eigenen klein-content zu editieren und dem gesamtrauschen hinzuzufügen, also in diesen schon wieder sehr fernen zeiten, haben vorfälle wie dieser selten empörung hervorgerufen. übliche reaktionen waren unglaube (sorry aber du übertreibst. in einer gesellschaft wie der unseren blabla) und achselzucken, mal mit (einfach ein idiot mach dir nichts draus) mal ohne mitgefühl (sorry aber da solltest du drüberstehen können). und obwohl mich das empörungskarussell auf anderen ebenen ängstigt, bin ich doch auch dankbar für das bisschen soziale kontrolle und sichtbarmachung alltäglicher barbarei. und damals, in diesem krankenbett, in dem ich auf eine tumoroperation hindämmerte, da hätte mir diese möglichkeit vielleicht zur sicherheit verholfen, auf irgendeine weise zu agieren, als die neue zimmernachbarin bei der raumbesichtigung fragte „was, mit einer niggerin? ich will hier doch gesund werden und nicht verseucht rauskommen" und die krankenschwester sich nochmal erkundigte, ob es denn wirklich gar nicht ginge (nein? dann schauen wir mal, wo wir sie BESSER unterbringen). stattdessen stellte ich diese episode zu den anderen ausstellungstücken meiner ganz und gar inwändigen galerie der verachtung und gab, wirklich müde geworden, weiter vor zu schlafen

24//10//2018 - 12:30 es gibt jetzt so neue beziehungen. hier oder anderswo ein paarmal übereinander gestolpert, irgendwann angefragt, die intensität der gegenseitigen comments nimmt langsam fahrt auf, irgendwann in den like tribe aufgenommen, herzlike ping pong. meanwhile bei real life begegnungen - pokerface + einvernehmliches ignorieren (hoffentlich stellt mich jetzt niemand der vor)

24//10//2018 - 19:47 wann wird's mal wieder liebeskummer??

26//10//2018 - 13:07 schaue ich jetzt auf den sommer zurück, dann war er sowas wie ein glitzernder champagnerregen mit irisierenden effekten vom roséorangenen sonnenlicht, und statt schüttelfrost gab es diese perlig aufsteigenden glücksschauer + manchmal auch orgasmen einfach so. fand auch niemand seltsam. aber ja, geht sicher mal wieder meine erinnerung mit mir durch

26//10//2018 - 19:59 auffallend viele menschen, die ich verehre, besitzen keinen führerschein

26//10//2018 - 20:04 mein spirit fashion pattern wär animalprint
so old so cheap
+ dann wieder nur fresh

27//10//2018 - 15:01 taxifahrer + ich diskuteren beste route. er bemerkt, ich bin etwas aufgeregt, da spät dran, „pass mal auf, lehn dich einfach zurück. ich bin merkel, du bist deutschland + wir schaffen das. vertraust du mir?“

27//10//2018 - 16:12 es fehlt an utopie, in politik + wirtschaft, in buchhandel + wintersport, in der schule + sowieso auch „zwischen den laken“. aber!
auch utopie lässt sich lernen, eine technik, wir müssen nur üben üben üben. ich fang mal an –

in einer besseren welt wär ein schöner busen der, der hängt,
würden haare aufm rücken zu zöpfen geflochten
+ im bus reichte die fahrerin statt eines tickets die noch

dampfende zimtschnecke rüber
statt nationalhymnen + morgengebeten würde karaoke
gesungen (kosmetische stimmchirurgie boomt)
überhaupt ganz neue wohnkonzepte!
serienguckkuschelhöhlen jeweils 1 pro straße,
tropical bushaltestelleninseln, küchenbibliotheken mit
planetariumskuppeldecken, wir träfen uns da oft und würden
reden, so wie hier
so und noch etwas anders

im
matria
matria
matriarchat

28//10//2018 – 16:57 vergewaltigungen sind in bestimmten kontexten vollkommen normalisiert. kann mich an mindestens drei begebenheiten im kleinstadtkontext erinnern, in denen gemeinsames saufen damit endete, dass sich junge männer an nicht mehr konsensfähigen jungen frauen (vierzehn- + fünfzehnjährig) vergangen haben, auch kollektiv. niemand hätte das vergewaltigung genannt. ich selbst habe mich damals nicht getraut, etwas in dieser richtung fertigzudenken oder gar auszusprechen + mich der kollektiven wahrnehmung entgegenzustellen – auch weil ich die eigenen nachträglichen deutungen der betroffenen mädchen nicht in frage stellen wollte. ich wünschte, es wäre anders gewesen. ich wünschte, ich wäre anders gewesen – mutiger, eigenständiger, informierter – + habe die hoffnung, dass es heute auch in provinziellen milieus nicht mehr so geschehen kann. sexuelle übergriffe + gefährdungen waren ohnehin bestandteil des damaligen aufwachsens, aber diese vorfälle geschahen in den eigenen zusammenhängen, unter „freunden und freundinnen“. ich wünschte, ich wäre damals sicherer + eigenständiger gestanden, vielleicht hätte ich dann auch besser verstanden

28//10//2018 – 22:24 alles wird umbenannt. ein sonntag ohne sonne macht auch kaum sinn, nicht? mexitag zachtag onaniertag IRGENDWASTAG

30//10//2018 – 11:35 kann wer, die ich kenne, ihr kind mandarine nennen, bitte

30//10//2018 – 21:06 tag der deutlichen mieterhöhung

31//10//2018 – 11:36 wie ich böses frauenlachen liebe ❤

31//10//2018 – 15:59 spamtel

international calls
slovenia poland
türkiye + ystad?!
es rauscht im
äther
oder was das leer
dazwischen ist
autobahn
dusche
radio
stets dieses rauschen

wer? was? nein!
ja gut bis bald
sitzen u lauschen
im noise sind alle stimmen
richtig verbunden

02//11//2018 – 23:21 an der riviera fand sich einst das prächtige hotel angst, in wien prangen über der mariahilfer die lettern des hotel kummer + was mir auch gefiel, im seitenwinkel einer autofahrt, das hotel tran. An all diesen orten würde ich einkehren, es ließe sich wohl gut erholen da zwischen den nebeln, in den undeutlichen ecken hauseigener dampfbäder?

03//11//2018 – 11:15 ich möchte mal die bar erleben, in der der tresen besetzt ist mit frauen, die 1 bier nach dem anderen zischen + dabei ins narrenkastel schauen. oder aufs handy, das ja auch eins ist. in der bar, die es nicht gibt, würde sich irgendwann ein gespräch entspinnen, stell ich mir vor. oder irgendwas. diese szenerie auf barhockern gereihter bannmeilen der einsamkeit verkleidet sich notdürftig als männliche romantik + ist doch nur eine traurige aufführung von gefangenschaft im selbst. arme männer, denk ich manchmal. aber dann nerven sie schon wieder in ihrem hunger

03//11//2018 – 23:27 im traum gibt es diese verwunderung, gerade eine wiederholung oder eine fortsetzung von etwas bereitsgeträumtem zu erleben. die gesetze des film + serienmarktes gelten auch hier – wenn neue stoffe nur noch schwer entwickelt werden können, dominieren zunehmend remakes, pre- + sequels + spin-offs. eine falsch investierte kinokarte ärgert mich kaum, aber so eine verschwendete gelegenheit für einen reichen großen verstörenden traum setzt meine oneirische libido auf null

04//11//2018 – 19:36 leute, die anbändeln wie nach drehbuch –
„2pfeffi bitte"
„hey ich liebe pfeffi. wie hast du mich bloß gefunden?"
„ach jemand wie du findet sich immer"
„du also immer auf der suche?"
HAHAHA knutsch

06//11//2018 – 19:35 in französischen bahnhöfen findet sich öfter mal ein piano installiert. auch ich besitze wohl etwas ansozialisierte germanness. habe jedenfalls erst einmal die sehnsucht nach der beauté du geste + la vie en rose diagnostiziert, die in frankreich immer eine nach einem gestern ist. ein gestern, das sein sehnsuchtspotential nicht zuletzt aus der abwesenheit von banlieues, deren nichtweißen bewohnern, von french trap + einer bei 22% liegenden jugendarbeitslosigkeitsquote bezieht, ein gestern der vollkommenen améliehaftigkeit also.
vielleicht sind die bahnhofsklaviere ja tatsächlich mit diesen sehnsüchten verbunden, verdanken ihnen ihre existenz. doch wirken sie daran vorbei oder in entgegengesetzter richtung. wenn sich eigentlich unvorstellbare gemeinschaften um diese klaviere bilden – clochards, breakerinnen, barockchöre, queerpunks, vorstadtkids, klavierlehrer –, um für einen geteilten moment die bahnhofshallen per klang einzunehmen + sich bald darauf wieder in alle richtungen zu verstreuen, dann sind das kleine feste der angenommenen differenz, von

zeitgenossenschaft. wir teilen vielleicht diese stimme, diesen ton, diese wartezeit – aber wenn wir das zusammenführen wie enden von wunderkerzen, kann sich ein funkeln entzünden, von dem wir sonst nichts wissen können.
ein besseres warten also, in marseille, montpellier, montparnasse?

edit: seit bahnhofsklaviere auch auf deutschen bahnhöfen eingeführt wurden, muss diese frage mit nein beantwortet werden

07//11//2018 – 20:59 bleibt eigentlich noch wer unverheiratet ungeschieden unverlobt?
ja, ungeliebt zählt auch

08//11//2018 – 09:28 würd ich heiraten, dann in einem kleid aus spinnweb, schimmernd wie eine schöne libelle

08//11//2018 – 09:33 ihr gäste ginget als käfer + fliegen

08//11//2018 – 10:23 wäre ich verheiratet, müsste ich immer wieder das putzen unterbrechen, um in mein brautkleid zu schlüpfen + mich im spiegel zu betrachten. so schön, ❤ dass die spinnweben in den ecken vergessen wären

08//11//2018 – 17:27 verheiratet. für immer, in spinnweb + staub. so frisst die ehe mich + übrig bleibt – das schöne kleid

09//11//2018 – 22:44 was erst los ist, wenn auch gerüche vom netz erfasst werden?
google smell.
zunächst geruchspostings, schließlich duftdating. da siebten sich die matches nochmal quer

11//11//2018 – 10:05 beim aufräumen die unscharfen fotos.
du auf dem sofabett, vor dem kacheltisch mit kram drauf. das war der winter, in dem wir die eissorten mit den meisten chemischen zusätzen durchgingen. + die verfügbaren bestellservices, am liebsten chinabox wegen der verpackung mit den süßen drachen. es war der winter, in dem wir uns die schwere decke teilten. es gab nur diese eine, aber sie war groß wie ein see oder ein schwimmbad. groß genug jedenfalls, um nur kurz daraus aufzutauchen, aufs klo zu gehen oder das eis aus dem fach zu holen.
manchmal schwammen wir darin. ich suchte deine hand.
und dann – – – gleiten durch die unterdecketiefen, rauhe seesternhaut, anemonenblick.
hörst du die wale? jaaa.
wir durchfluteten uns, tauchten ineinander, neben dem griff in die chipstüte, oder zur fernbedienung. unser atem legte eisblumen auf die fenster, wir freuten uns darüber. noch eines dieser wunder! als immer öfter die türklingel ging, hielten wir die luft an, um das lachen zu verdrücken. wenn es gar nicht mehr ging, pressten wir den mund in die decke + lachten stumm hinein.
du suchtest meine hand.

nachdem sie die heizung abgestellt hatten, wärmten wir aus dem backofen, unserem „kamin", und tauchten noch tiefer hinab. bis es in den ohren rauschte.
bis ich eines morgens erwachte, aus dem bett + über die im zimmer verstreuten tüten + eisschalen stieg + leise leise die tür zuzog

der morgenverkehr stand noch bevor, die straße lag leer vor mir. durch den pyjama spürte ich warmen wind + folgte dann dem salz in der luft, in richtung meer. ich hoffe, es geht dir gut. keine offenen rechnungen für nessie

11//11//2018 – 18:06 poesie im handgemenge

13//11//2018 – 10:30 „Mehrere Male trat Kasumba in kleinen Nebenrollen auf. Stets als Flüchtling oder als Forscherin aus Südafrika. Dass auch eine schwarze Frau deutsch sein kann – für das öffentlich-rechtliche Fernsehen anscheinend unvorstellbar.
Aber egal, jetzt wird alles anders!"

hätte ich einen wunsch frei im leben – würde ich mir natürlich noch zehn weitere wünschen usw.
zumindest einer aber wäre, dass schwarze personen einiges mehr dafür gäben, den deutschen status quo zum verschwinden zu bringen, statt darin anzukommen. den rechten angsttraum vom abgeschafften vaterland wirklichkeit werden zu lassen, in der arbeit daran läge doch tatsächlich sowas wie erfüllung

13//11//2018 – 10:33 karaoke ist der vater, den ich nie hatte

13//11//2018 – 16:23 nein. natürlich die mutter, vor der mich mein therapeut immer gewarnt hat

15//11//2018 – 15:14 wer erzählte mir nochmal von diesem gelungenen hausprojekt-umzug neulich?
es seien so viele leute anwesend gewesen, dass sie die kisten + möbelteile einfach an die nebenstehende person weiterreichten (nobody moves this is a move!) – und schwupp war's auch schon vorbei. gar nicht mal so selbstverständlich bei einem inhouse umzug dieser dimension.
was genau?
na in dem hausprojekt tauschen die doch alle paar jahre die zimmer. + wohnungen. + mitbewohner*innen.
o wow. tauschen die auch ihre kinder?
nee die nicht haha. aber die katzen zb bleiben einfach in den wohnungen

klang für mich alles erstmal horrible (wenn auch ein bisschen berlin-versöhnend, dass da draußen noch ein paar trutzburgen an der stahlgebürsteten sparkassenhaftigkeit unserer tage vorbeileben + weiter so tun, als sei 1974 etwa). habe etwas gebraucht für die einsicht, dass die hippies da in einer interessanten richtung unterwegs sind.
durchtauschen ist evtl die lösung der meisten oder zumindest sehr vieler probleme unserer zeit. behausungen, ernährungsweisen, aufenthaltstitel, kinks, einkommenshöhen, wohnsitze + ehepartner*innen wären nur ein anfang, der absolute tausch hätte viel tiefergreifende folgen. eine welt ohne besitz, aber immer noch mit luxus, eine gerechte welt ohne starre gleichheiten, eine welt, in der wir uns intim kennenlernen ohne sexuelle verwicklungen, eine welt, in der es zwar wild durcheinder geht, aber vom weltraum her die

~perfekte~ ordnung zu erkennen ist.
ich würde

15//11//2018 – 17:54 wäre ich heute teenie, würde ich siezen + höflichkeit hypen

17//11//2018 – 15:56 oh. richard nixons nickname war tricky dick?

20//11//2018 – 17:58 „senden sie uns bitte einen aktuellen lebenslauf zu“
„gerne. anbei finden sie eine malerei von malewitsch zuzüglich einiger ellipsen + ungerichteter vektoren, sollte so hinkommen“

21//11//2018 – 15:38 eine frau im rosa plüschbademantel schreitet den bahnsteig ab und schimpft über unordnung + schmutz („kaum bin ich mal nicht da! hmpf“) + irgendwo da draußen sagen menschen elephant juice zueinander, wenn sie sich küssen wollen.
es ist alles etwas verschoben, nicht?

22//11//2018 – 10:54 meine empörung hat adhs.
sie interessiert sich für nahezu alles, aber das ziemlich exakt 5x3 sekunden lang. meine empörung hat angst vor sich selbst, hilft kein ritalin + auch kein keta. meine empörung ist laut, weil sie sonst nichts zu tun weiß.
meine empörung sagt ironisch – resignation is my middlename.
um nicht zu verzweifeln empört sich meine empörung über

deine. + dann schnell über irgendwas im internet.
deinen letzten post oder so. hauptsache, es führt von ihr weg.
für sie sieht alles gleich groß, gleich dringlich aus.
was ist echt + was ist wahrnehmungsverzerrt.
meine empörung fragt: bist du dieser mister objektiv?
bitte verzeiht. meine empörung hat adhs.
weiß sie nicht weiter, wird sie zuhauen.
lustig, dass sie oft richtig trifft

23//11//2018 - 12:34 einmal nur lach-, wut- oder loveemoji sein +
kein komplizierter mensch

23//11//2018 - 16:22 leute, die erregt am bankomaten stehen, als
drückten sie am spielautomaten -
und dann gewinnen

23//11//2018 - 16:43 leute, die vorm geldautomaten stehen wie
vorm kruzifix -
ergeben betend, etwas am arsch ✞✞✞

23//11//2018 - 23:31 leute, die vorm spielautomaten stehen, als
müsste der jetzt sex mit ihnen haben -
weil sie was haben springen lassen?

25//11//2018 - 12:04 warte! nur noch rasch
den honig erwärmen bevor ich ihn dir
über die blassen kokosbrüste gieße
das fenster öffnen auf dass

schwarzer sesam hereinwehe
und kältemoleküle
deine süße speise kosten

rieche donner atme blitz
wo sich temperaturen
auf meiner zunge
begegnen

26//11//2018 – 13:46 nach zehn stunden schlaf + mehr:
*bin ein rosinchen im dambedei weich + schmierig + eine schnecke fast
*bin der verlorene gedanke, der ins bad lenkt + eine ungewohnte bewegung ausführen lässt, nur wozu? Wozu? WOZU?
*bin dunst aus der badewanne, der poren öffnet + sich damit gleich schon erschöpft
*bin wasserfarbener tee, der in der kanne zieht + tatsächlich nach gar nichts schmeckt, aber WIR SCHÄTZEN DIE RITUALE
*bin ein erdnussflip mit fantatropfen so halbfester matsch + durcheinander im taste
*bin ein zündholz, das sich nicht entzünden lässt, heute + sich lieber wieder zurück zu den andern legt
*bin die gefalteten hände der verstorbenen frau, um die ihre liebsten weinen. sie berühren mich, bedecken mich mit blüten. ich aber bleibe, wo ich bin + erwidere nichts. es wäre gegen die gesetze des schlafs

26//11//2018 – 18:55 öffnungszeiten für das internet wären eine gute sache, nüchtern besehen. natürlich analog den eigenen arbeitszeiten – mal nicht zu viel optimieren

26//11//2018 - 20:19 online dating ist durch, nicht? rest in peace, du warst ein gutes winterspiel

27//11//2018 - 19:40 die vatikankirche mit dem großen leuchtenden digitalband, das fortlaufend die messen der nächsten 24h ankündigt, das jahrmarkthafte blinken in den pilgerstädten des südens, LOURDES, die nächtliche prozession aus neonkruzifixen + leuchtmadonnen, die sich einem magischen drachen gleich den römischen hügel hinaufbewegt, die beiden muttergottesfiguren auf meinem fensterbrett, eine muschelbesetzt und die andere aus lichtreflektierendem plastik - GOTT, wie ich katholizismuskitsch liebe, die frühkindliche fixierung ist nicht zu lösen.
könnte ich mir die haut mit fluorit und perlmutt bestechen lassen, ich sähe wohl aus wie eine seefahrerkapelle auf den äolischen inseln. schimmernd und glänzend bei tag entrückt, leuchtend bei nacht

27//11//2018 - 21:32 50 ways to leave your therapist
countless more
to ghost your lover

30//11//2018 - 21:27 romantick - sehnsüchtiges verlangen, romane immer wieder zum ersten mal zu lesen

01//12//2018 - 11:15 liebe ist - wenn aus dem hämatom unter dem abfallenden zehnagel das universum grüßt

03//12//2018 – 21:34 leute, denen blickkontakt zu nah, zu unangenehm ist + daher aus lauter verlegenheit auf die brüste ausweichen. gut gelöst, jetzt NUR NOCH FÜR MICH UNANGENEHM

04//12//2018 – 20:29 würde mit euch in einem strukturschwachen gebiet im osten (görlitz?!) ein verlassenes dorf besetzen + landkommune machen. es wäre ein remixtes schilda, wir wären weit über die landesgrenzen hinaus bekannt für unsere einfältigkeit. das wollen sich viele menschen näher anschauen + so könnten wir gut vom tourismus leben.
übernehme hiermit schon mal den job der dorfpfarrerin – und ihr sitzt jeden sonntag brav in der kirche! wird aber immer ne gaudi,
ja?

06//12//2018 – 01:43 statt therapie: traurigkeit in den kühlschrank legen, ins fach unter den aufstrichen und marmeladen, übers gemüse, gerahmt von serrano und brie. nicht schlimm, wenn die sahne leckt.
dann stromkabel raus + über monate verrotten lassen. ausziehen, bevor sich der schimmel nach außen frisst. geheilt

06//12//2018 – 09:57 straße und lichter – im taxi ziehe ich daran vorbei. der fahrer hört das lied, das er hören muss, wir sind einverstanden MIT ALLEM. er fragt mich nicht, wo ich hin will, ich ihn nicht, wo er hinfährt. das taxameter zeigt 38°C innere stadt. das lied nimmt kein ende. es ist eigentlich die letzte verbliebene sauerstoffquelle + darf deshalb nicht aufhören zu spielen, sonst würden wir ersticken. alle medien verhandeln es als größte krise der menschheit, der klimawandel sei dagegen eine schnullerparty. über uns kreisen hubschrauber. die stadt, die blitzlichter. wir müssen fahren, immer weiter, sonst bricht alles zusammen. in den sozialen netzwerken werden die tücken der benzinzufuhr und reparaturmaßnahmen bei voller fahrt diskutiert und auch unsere situation. viele wünschen sich, dass wir uns ineinander verlieben, es gibt schon fanfic dazu, so kommt es auch. ohne die liebe wären wir niemals so stark. er sitzt vorne, ich hinten, ich top, er bottom. es ist tragisch, aber auch schön. er hört das lied, das er hören muss. wir stellen keine fragen. fahren, + vor uns teilt sich die nacht

07//12//2018 – 13:36 es existieren kaum frühe kindheitsfotos von mir, später wurden es mehr. von der zeit im kinderheim gibt es nur sehr wenige schnappschüsse, allesamt unscharf + unspektakulär. aber das eine hier, auf dem ich wie eine bösewichtin rüberkomme, bedeutet mir was – meine beste kindheitsfreundin ist darauf zu sehen, jasmin.
sie und ihr bruder sofian kamen aus saudi-arabien und wurden wie mein bruder und ich ein paar jährchen im heim zwischengeparkt, bis ihre eltern fuß gefasst hatten. wir waren vom ersten tag an befreundet, obwohl wir da noch gar nicht über eine gemeinsame sprache verfügten. ich liebte sie abgöttisch. sie schien immer etwas unabhängiger, wohl weil sie auch noch auf ihren kleinen bruder zu achten hatte. ab + an zog sie mit anderen los + ich biss ihr 1x in die hand, ließ auch nicht ab, als es schon blutete. aber all das war egal, wir blieben ein team, unverbrüchlich.
wieder bei meiner mutter untergebracht, bettelte ich jedes wochenende, es im heim bei jasmin verbringen

zu dürfen. da im mondlicht, die beiden unterm fenster zusammengeschobenen metallbetten, mit blick auf den imposanten kirchturm mit der stundenglocke, diese erinnerung ist das heimeligste gefühl, das ich in mir finden kann. meine albträume waren früher heftig + ich schrie oft nachts. jasmin weckte mich dann, nahm meine hand oder holte die nonne.
wenn ihr asthma schlimm wurde, tat ich das gleiche. wie schön, dass wir uns hatten.
die geschichte von jasmin + mir nahm ein jähes, trauriges ende, das ein andermal erzählt wird, oder auch nicht

08//12//2018 - 12:38 mein tätowierer ist so ein hipster + wohnt hinterhof erdgeschoss ohne aussicht, dafür mit stäben vor den fenstern. so gefängnisstyle. er trägt opaklamotten + ein verwaschenblaues arbeiterjäckchen. aber es sieht nicht aus, wie er es gerne hätte, sondern wie jemand ohne geld, wie ein einsamer typ, dessen namen niemand kennt. aber seinen kennt man. er ist auf instagram + hat 1849 follower. das ist schon was.

in der wohnung ein grauschwarzer farbverlauf, an der wand paar tattoo sketches, auch 1 metal poster, die liege zum tätowieren, direkt daneben die matratze mit schwarzer batikbettwäsche + dann nichts. er ist scheu und freundlich und bringt mir ein glas wasser, was anderes hat er nicht.
ob mir kalt ist, fragt er besorgt, er habe eigens für unseren termin die heizung angestellt. nee nee, alles gut. wir fangen an.
ich stell mir vor, wie die scheiben beschlagen, wenn er hier sex hat. und wenn jemand über nacht bleibt, er durch die gitterstäbe zu den sternen schaut. sterne, die bis ins zimmer

scheinen, ihn berühren, anfassen, bis er sie in irgendeine haut brennt. das ist das erotische zeichen, es passiert einfach, sie landen im bett, und dann guckt er wieder hoch, mond sterne und so weiter.
die batikflecken auf der bettkleidung sehen auch bisschen aus wie ein universum voller *staub*. neben dem bett steht immer das glas wasser, was anderes gibt es nicht. die heizung ist nicht an, dafür warme haut und brennende tattoos. es ist so einfach, das einfache leben, und mehr braucht es nicht. wie auf einem planeten, der nur tag und nacht kennt, und keine andere zeit.

aber er hat keinen sex. er sieht keine sterne und hat auch kein geld. 1849 follower.
so, fertig. ich zahle + gehe. beschlagene scheiben, vielleicht im nächsten jahr

08//12//2018 - 16:49 ist ja bei einem kind geblieben, bei mir. an so grautagen fehlt mir dann doch ein baby. wegen superflauschinstantgemütlichkeit + sonst nur kacke + liebe

09//12//2018 - 22:15 im winterlichen wien war es, als ich ins gespräch vertieft mit einer freundin bei außergewöhnlich guten schnittchen + außergewöhnlich kleinen bieren saß. meine schwärmerei für das putzige gedeck wurde von unserem sitznachbarn, einem älteren herrn im dunklen lodenmantel, den hut tief ins gesicht gezogen, spöttisch belauscht. wie könnte es anders sein, dachte ich mir, dass so ein heimatfreund es für einen schlechten scherz hält, die griechische schönheit + ihre schwarze freundin in dieser wiener institution? naja muss er durch. so saßen wir eine

weile, da schickte er sich an zu gehen und bot zu meiner überraschung an, mit seinem auch unser geschirr abzutragen. oh, das ist aber nett! rief ich, klein bisschen beschämt. und er: ah wissen's, i hab dunkle tage da bin i a mol nett.
und abgang, mit den tellern in der hand.
es hätte nicht die bald darauf servierten pfiffs und schnittchen (ei mit ei + lachs mit ei) gebraucht, um mich ein klein wenig verliebt zu machen. auf dunkle tage! + was immer sie in uns regen mögen

11//12//2018 – 17:45 es ist wahr, ich bin neidisch auf jedes einzelne leben hier,
ihr habt es alle so geil

12//12//2018 – 23:55 „lass uns treffen, zwischen den jahren" – als ließe sich die dauernd ratternde zeitrechnung zu den seiten hin verlassen.
zum beispiel hier am schweizer höhenbahnsteig.
+ da ist dann eine höhle + darin wartet ein freund. das feuer flackert noch wild.
hier gilt geheime zeit – sie fließt hinter, unter + zwischen den jahren

13//12//2018 – 13:25 tröstliche lektüre – zu wem die bibel nicht spricht, der möge es einmal mit den werken des sexualtherapeuten dr. schnarch versuchen. die beschreibungen des erst mit der vollen reife (50+) erfahrbaren „starkstromsex" sind umgemein fesselnd, die schilderungen der „feuerproben" indes, die die schnarchs (ruth + david) wieder + wieder durchlaufen haben, unerwartet anrührend. selbst die dürreperioden der sexuellen frustration in langjährigen beziehungen erfahren eine umdeutung – als nadelöhr zu den wirklich interessanten sauereien nämlich. alles davor sei was für teenies. mehr schnarch im bett, wer träumt nicht davon?

14//12//2018 – 12:46 hufeisentheorie meines gutsituierten psychoanalytikers:
„worin sich oberschichts- + unterklasse-familien furchtbar ähnlich sind – ständig dreht sich alles nur ums geld“

16//12//2018 – 14:01 erst war zu wenig schlaf, jetzt ist zu viel. an meiner seite die träge tigerin, die mich im gähnen sanft umfaßt + mir die augen schließt. komm löffeln kind.
der schlaf ist hungrig, und ich bin es auch

16//12//2018 – 18:54 in welchen zuständen man nicht schon glück vermutet hat.
+ dann ist es ausschlafen

17//12//2018 – 11:53 ernsthafte bewunderung verhindert kontakt. es ist dabei egal, in welche richtung die bewunderung fließt – sie bleibt eine unschöne beziehungsdeterminante. bewunderung setzt distanz voraus, weist rollen der angst + der überlegenheit zu, hinter denen die einzelne verschwinden muss. + da sie diese hierarchisierende eigenschaft besitzt, lässt sie sich kaum einmal in freundschaft überführen.

verehrung dagegen - eine spielerische angelegenheit. man greift nach rollen, als wär's ein maskenball + übersteigert albern. das ist schön und ergibt lustige rituale.
die bewunderin vergeht im schmachten, die verehrerin tobt sich darin aus.

18//12//2018 - 09:29 du
dein gesicht
nähme ich / auch dein geld
passt in meine welt / alles von dir
gefiele mir / nur ne kerze
im herzen / lass ich dir
so lieb von mir

20//12//2018 - 15:19 in einer der abgelegeneren nebenstraßen einer schlechteren gegend der stadt. da wohnen die prinzessinnen + warten, bis ihre zeit endlich gekommen ist

21//12//2018 - 02:27 gesellschaft will eine frau am liebsten direkt zu ihrem vierzigsten geburtstag beerdigen, meinte mal jmd zu mir. na gut. im nächsten jahr wünsche ich mir also eine richtig schöne beerdigung, es soll geheult gelacht getanzt werden, ein denkwürdiger abend von herzen. wenige tage später werde ich auferstehen + dann wird endlich richtig gelebt

21//12//2018 - 19:58 kann nicht hin + nicht wegsehen.
schnecken sind fauna aber aliens

21//12//2018 - 21:51 gold blooded

22//12//2018 - 18:33 nie fühl ich meine blackness mehr als beim deutschpunkkonzert. es ist die fortführung von grillen im schrebergarten, geteilter bratwurst, senf auf deiner lippe, erstem kuss am bolzplatz, da hinten die jungs ...

gottseidank musste ich das alles NIE erleben.

24//12//2018 - 09:46 zwillinge gebären allein wegen der namensmöglichkeiten / florette + guillotine

24//12//2018 - 19:18 berlin besitzt weihnachtliche ehrlichkeit - *konsum kartoffelsalat komasaufen*

26//12//2018 - 22:04 bei gedämpftem licht + räumlicher enge stellt sich sowohl in fahr- als auch in beichtstühlen manchmal jene zügellose intimität ein, nach der es menschen in langzeitbeziehungen so hungert

26//12//2018 - 23:18 doch, ich wäre neugierig. hautfarben tauschen für einen tag, das schaute ich mir an.
aber ein angenehmes weiß, keines das reflektiert.
+ dann in diesem worlddominatorgefühl baden

geflüchteten in der ubahn zulächeln, den lauten kindern übers kringelnde haar streichen.
ach so fühlt sich das an? funny.
auf die sonnenbank legen oh ja.

+ später, am abend, doch reflektieren.
selbstkritisch. nicht weil ich es muss, nur weil ich es kann.

bei der anschließenden hautfarbenübergabe willst du mir von deinem tag berichten. ich winke ab. je ne regrette rien + das soll so bleiben

28//12//2018 – 20:58 natürlich achte + respektiere ich alle männer,
nicht wenige meiner freunde sind welche, wir kommen ~wunderbar~ klar.
nur finde ich sie eben ab ungefähr 35 nicht mehr wirklich anziehend.
es ist nicht mal in erster linie eine frage des aussehens. ich habe einfach mit jüngeren viel mehr gemeinsam. weil sie noch offen sind + mit ihren gefühlen in kontakt, sie laden das innere kind in mir zum spielen ein (flippern! nicht aufräumen! kontostand vergessen!) + lassen mich dabei ganz frau sein.
dann dieser esprit, den ihnen die noch ungewisse zukunft in den blick legt. die hügelhafte formung ihrer oberarme, die gespanntheit des bauchfeldes, L E N D E N

sorry no offense, einfach nur mein geschmack, meine meinung, MEIN URTEIL. wer sich darüber echauffiert, dem fehlt genau das bisschen selbstvertrauen, das so verdammt attraktiv macht.
machen könnte.

junge männer = geil

31//12//2018 – 13:42 seit 22jahren in der stadt. sie wächst mit mir, verdichtet + verfestigt sich. weniger brachflächen, weniger orte, an denen noch mal ganz neues entsteht. oder spiel. spiel von sekunde zu sekunde zu ungerichteter bewegung zu warmer nacht zum leuchten der baukräne der glühwürmchen der ampelwechsel in den pfützen. schönheit heißt jetzt charakter, schwere beine vom arbeitenden alltag, wir verkaufen uns, wir sind arm + es soll weitergehen. wir verlaufen uns. wir lächeln fremden ins gesicht, sie bleiben. immer zigaretten. oft nacht. manchmal müde.

aber so ist es schön. spaziergang durch deine dunkelheit deine armhöhle deine scham. kann mich immer noch _ gut _ in dir vergraben

31//12//2018 – 15:58 leute, die einen guten rutsch wünschen + dabei gleitmittel auftragen

31//12//2018 – 18:55 leute, die ein frohes neues wünschen + dem verstorbenen die augen schließen

02//01//2019 – 16:44 gestern: streitender stressercliquennachwuchs am nachbartisch im café. beide noch unter zwanzig. einer macht eine ziemliche welle, schimpft seinen kompagnon zornig an + wirft beim hinausrennen um ein haar noch ein paar stühle um. zurück bleibt der ratlose freund.
er starrt auf den tisch vor sich, genauer – auf eine auf dem tisch aufgestellte patronenhülse. ich weiß nicht, er hat so kinderaugen, in denen sich der kerzenschein spiegelt, es

rührt mich etwas. beim hinausgehen frage ich ihn, was es mit der patrone auf sich hat.
das ist ne echte! er scheint sich über die unerwartete aufmerksamkeit zu freuen.
ja sicher (keine ahnung ...), aber was machst du damit?
ich sammel die + mach ne kette draus.
aha?! die ziehst du dann an oder was?
nee für ein mädchen. (ich glaub ihm nicht)
als liebesbeweis?
so eine art geschenk halt.
meinst du, sie freut sich?
klar, wenn sie von mir kommt. alle freuen sich über mich.
(dein freund ja schon mal nicht.) na dann, weiter so frohes neues.
frohes neues, lady. alles gute + passen sie auf sich auf.
ebenso.
unschuld in den augen, patrone in der hand - es reicht nicht zur geschichte, nicht zur pointe + wird vielleicht auch nicht so richtig gut ausgehen. aber ich wünsch ihm wirklich was, dem kleinen, über den sich *fast* alle freuen

02//01//2019 - 19:33 skigebiet - aber als polnische nachbarschaft

02//01//2019 - 22:04 über der frist mit meiner sündenerklärung, ich wage einfach nicht mit dem büßen anzufangen.
mahnungen flattern mir in den spiegel + seit ein paar wochen haben sie mir jetzt auch die libido gekürzt

04//01//2019 – 12:19 wisst ihr, was komisch war? als in meiner alterskohorte diese schulspielchen à la flaschendrehenknutschen losgingen + sich alle ineinander verknallten + total klar war, dass ich als zwei köpfe größeres + irgendwie auch schon komplett ausgewachsenes schwarzes mädchen (du siehst eher aus wie ein mann! machst du bodybuilding? ist deine unterhose auch so braun wie du?) in dem game keinen platz hatte, während der jüngere lehrer, für den alle schwärmten, nur kurz darauf begann mir romantische postkarten zu schreiben. life is demanding without understanding i saw the sign

04//01//2019 – 16:01 mit anderen lauten aufmerksamkeits-sucherinnen komm ich gut klar, oft machen die mir auch spaß + sind nicht schwer einzuschätzen. so ein unausgelebter, in tiefsten tiefen trotzender + lavaheißer narzissmus – da halte ich mich fern von

04//01//2019 – 19:10 verliebe mich so gerne in menschen mit hellen augen + finde das hat 1 rassismusvorwurf verdient

05//01//2019 – 15:53 so gerädert von der schlafarbeit. beim einschlafen schließt sich eine tür + öffnet dabei ein leben auf der rückseite. dort erwacht man eben gerade + kennt auch irgendwie leute + muss hauptsächlich das kleine geld jagen + die für-immer-beziehung ist nur noch belastend. abends dann unendliche müdigkeit + langsames wegdämmern während die hand nach der türklinke sucht + ...

06//01//2019 – 15:47 krass, wie viele jahre ich jetzt schon schwarzfahre. bald kriegen sie mich sicher

06//01//2019 – 19:51 lebten wir bereits im holodeck-zeitalter, würde ich den nachmittag auf der terrasse der stadthütte aus „shoplifters“ verbringen.
in unterwäsche dem sommerregen zuschauen, wie er die blätter fett + schwer macht.
ramen. rauchen. nichts als ruhe

07//01//2019 – 12:16 meine momma + ich haben nur wenig leben geteilt. tatsächlich im zeitsinn, vor allem aber sind wir nie wirklich ins reden gekommen.
über ihr aufwachsen, unsere flucht nach europa + meinen vater weiß ich nahezu nichts.
wenn andere von ihrem geburtstrauma oder einer belastenden ahnengeschichte sprechen, denke ich – vielleicht hat es auch was gutes, wenn hinter einem nichts als abfallende treppenstufen liegen.
so kommt mir meine momma heute noch vor wie ein grab, in dem die toten erzählungen liegen – kein sterblicher darf daran rühren. als kind sah ich sie – gespensterbewegt.
es lag auch an der fehlenden gemeinsamen sprachlichkeit.
sie musste das deutsch erlernen + war kaum in kontakt, außer mit uns kindern. ich habe mich oft lustig gemacht über den zusammengestückelten satzbau, die unfähigkeit zum tz („jetest“) usw. es kränkte sie, von ihrer kleinen tochter verlacht zu werden + mehr noch, auf sie angewiesen zu sein.
alles schriftliche erledigten wir, mein bruder bereitwillig, ich trotzig. arztbriefe (ihre tuberkulose verlangte einiges an organisationsarbeit), briefe der einbürgerungsbehörde,

sozialamtsformulare – diese dinge wurden am küchentisch erledigt, unserem ort der verwaltungssprache, der sorgenvollen bürokratieerzählungen.
einmal, ich muss so acht gewesen sein, war unter den üblichen ein brief, der anders aussah.
ein umschlag im langformat, steifes papier, darauf in einer geschwungenen, sicher geführten schrift name + anschrift meiner mutter + eine gestempelte absenderadresse, von einem doktortitel angeführt. ach ja, fiel momma ein, bei einer bahnfahrt sei sie vor kurzem ins gespräch gekommen mit einem mann, vor seinem ausstieg habe er noch rasch um ihre adresse gebeten (die konnte sie schreiben). ich öffnete den brief, um ihn ihr vorzulesen.
ein liebesbrief. nein das stimmt natürlich nicht, eher eine art werbeschrift die auch ungebührliche erotische anspielungen enthielt. ich kann den inhalt nicht genug erinnern für eine bewertung mit erwachsenenaugen.
meine momma hat wohl nie erfahren, was darin stand, jedenfalls verweigerte ich das vorlesen, weinte + wütete bis in den abend.

wenn ich heute an sie denke, immer noch nicht ganz alt, aber seit vielen jahren alleine vorm fernseher, beim abendbrot, im bett (darüber ein gerahmter kalenderspruch „arbeit soll dein pferd sein, nicht dein reiter“), dann wünsche ich mir, irgendjemand hätte ihr den scheißbrief vorgelesen.
vielleicht nicht gerade ich. + sicher nicht wegen des absenders, der ein sack war.
aber vielleicht hätte dieser brief gerührt an eine junge frau, die viel zu früh bei den toten lag

07//01//2019 – 23:36 wenn da hin + wieder „schreib mal 1 buch“ fällt, ist mir das peinlich.
dann fallen mir aber bald die bahnhofsschundheftchen ein, deren cover ich beim warten auf den käfferbus bestaunt habe, früher.
ist das noch ein markt?
leidenschaft in zeiten des jobcentergewitters, gerichtsvollzieherbesuche neu verhandelt zwischen den bettlaken. armut + liebe – jep. das wird meine nische

09//01//2019 – 12:48 den direktesten naziangriff habe ich als teenager in einer der dorfspelunken in der rheinebene erlebt, die wir ab + an auf der suche nach üblen schnäpsen besuchten. an diesem abend war der laden voller faschos; eine halbe stunde haben sie uns sitzen lassen, dann stand plötzlich ein typ hinter meinem stuhl, grüßte seinen führer + schüttete den knoblauchsoßenspender über mir aus.
seine freunde bildeten einen johlenden gang, wir legten eilig einen abgang hin. der vorfall erregte in diesen präinternetzeiten kein weiteres aufsehen, ein paar menschen rieten mir zur anzeige, doch das kam mir unpassend vor. einen gut motivierten schlägertrupp hätte es gebraucht.

10//01//2019 – 08:42 beim anstehen im café hat ein mädchen so typisch vierjahrealtverpeilt auf einen hund geschaut + nach meiner hand gegriffen + ich wusste nicht, ob ich mich mehr auf den moment freue, in dem sie bemerkt, dass ich recht anders ausschau als die mama, oder über die berührung der warmen kindertatze. beides schön

10//01//2019 - 13:52 schuldgefühle sind ein saunabereich, aber innerlich liegend.
unerträglich heiß, man kommt nicht einfach gleich wieder raus, wird dabei aber irre vor scham. nach einer weile: brennen. + aus den ecken zwinkern genitalien

11//01//2019 - 15:07 von den städten passen mir die nikotinfarbenen, leider

13//01//2019 - 18:10 man findet eine schöne stelle + der phasenprüfer stimmt zu. komm, hier bauen wir ein haus. wie es geht, keiner weiß. aber das sammeln macht spaß. gutes holz, nägel rostig + paar fabrikfrische, ein gutes tuch zum wärmen, einen platz für feuer gibt es auch. schön unser gebautes. auch wenn regen + wind ihre löcher finden + der boden nicht fest ist. lange ist es gut. die wölfe heulen noch fern.

14//01//2019 - 00:22 manche leute sind ja - ob seit jungen jahren verklebstofft oder seriell geschaltet - immer in beziehung. alles ok damit.
doch bleiben sie ähnlich rätselhaft wie diese dauerWGmenschen.
nackt durch die wohnung schleichen, hier reinbeißen, daran den rücken kratzen, in ein blau starren - wann leben sie bloß ihr wildes tier?

15//01//2019 - 18:05 ich möchte eigentlich keinen führerschein. lieber einen fahrer, der bei regen vor meiner tür wartet + den kopf nicht wendet, während ich einsteige. die temperatur

des innenraumes wohlbemessen, die musik ausgewählt – in dunkler langsamkeit durchzieht sie die brust. wir fahren los, durch diesen gediegen gewordenen teil der stadt.
durch das fenster ließe sich meinen, paris. ein bild von sandsteinfarbener eleganz, menschen in teuren mänteln schmiegen sich eng unter schirmen zusammen, andere eilen gedankenverloren über kreuzungen. da hinten die seine, auf der heute nur ein einziges verlorenes touristenboot liegt, die bunten lampions schaukeln im regen. bald prasselt es. die straßen werden weiter, es sind nur noch wenige menschen zu sehen. auch sie tragen mäntel, abgenutzt + die kapuzen hochgezogen. keine schirme. manche schieben einkaufswagen, und in den tiefen eingängen der häuserblöcke schützen kartonkonstruktionen notdürftig schlafsäcke. die wenigen straßenlichter verwischen vom wasser, das über die fenster treibt. der fahrer greift zu einem der knopfregler, fast unmittelbar wird es wärmer + die töne noch fließender. beschleunigung. abbremsen.
die nacht füllt mit ihrer tinte die fenster, die scheibenwischer verteilen sie gleichmäßig. auf den ledersitzen liegt eine schachtel zigaretten bereit, ein zwei etwas herausgeklopft, das papier nicht abgezogen. daneben ein stapel briefe. ich zünde mir eine parisienne an und öffne die ersten beiden umschläge. inkassofirma, mahnverfahren. der andere von der krankenkasse, sie verlangen weitere unterlagen, um abschließend über die kostenübernahme entscheiden zu können. der nächste, oben liegende brief ist handschriftlich adressiert, ich erkenne die schrift meines vaters + lege den stapel beiseite. durch den rückspiegel spüre ich den blick des fahrers, doch meine augen treffen ins leere, als ich hinschaue. seine hände liegen sicher auf dem lenkrad, das schwarze leder der handschuhe glänzt matt. der regen lässt langsam nach. nicht mehr lange + wir werden angekommen sein. keinen

führerschein, keinen vater.
thank you for the music, invisible man

16//01//2019 – 00:25 es ist wie mit allen sozialberufen – das ❤liken laugt so aus. immer nur geben geben

16//01//2019 – 09:04 progressive kräfte sollten sich meiner einschätzung nach komplett auf die entwicklung von AI konzentrieren + frühzeitig die kommende übernahme organisieren.
dann können wir endlich diese brandenburgischen höfe beziehen + schadlos subsistenzwirtschaft betreiben.
+ keine hätte mehr bock auf opinionwars, weil die zucchiniernte mal wieder mager ausgefallen ist

16//01//2019 – 18:26 die fünfzehn pausenminuten von zeitgemäßen teeniestreifen taggeträumt. in etwa eis am stiel oder la boum, aber fest auf feministischem sockel. titel *ruckizucki ragazzi*. es geht um die letzte große sommergartenparty, bevor der klimawandel reinknallt, alle wollen nochmal draußen gelayt werden ...
ach jetzt muss ich leider weiterarbeiten.

16//01//2019 – 22:57 liebhaber – im grunde ein schrecklich sweetes wort

18//01//2019 - 01:09 das online-ritual der wütenden entfreundungen sollte ein menschlicheres gesicht oder mindestens irgendeine form der visualisierung erhalten. vielleicht als guillotine *whoosh*, vielleicht aber auch als duell, bei dem der newsfeed öffentlich anzeigt, wer wen zuerst löscht + dann folgt ein beerdigungspost mit blinkendem trauerflor. jedes einzelne profil wäre neben der friendlist um eine friedhofsliste erweitert, in der es sich besonders friedlich spazieren ließe

18//01//2019 - 13:04 zum ende der chorprobe erklang *i want to break free* aus der box.
ringsum erhoben sich die sitzenden + sangen mit, die augen geschlossen, die arme zu großer geste ausgebreitet. + tanzten, ein wenig wackelig, durchs wohnzimmer.

immer schön, wenn leute in einem einfachen moment zusammenfinden.
nur war er hier bei aller unterschiedlichkeit für jede einzelne ~wahr~
ich sah mich um + musste an die paar dinge denken, die ich von jeder weiß. meine augen wurden heiß, aber das hat niemand bemerkt.
unser chor ist grottenschlecht.
unser chor ist der beste der welt.
god knows i've fallen in love

18//01//2019 - 17:40 teenager mit ihrem zahnspangenlächeln. sie besitzen unangemessen laute stimmen, schadenfreudigen humor. sie stehen fast immer im weg herum oder rempeln sich durch, bekotzen sich auf parties, rauchen bong im badezimmer, räumen zeitlupenbekifft supermarktregale ein +

googeln sich ihr leben zurecht. zückt wer ein messer, johlen sie – sie interessieren sich für blut.
aus den augenwinkeln lassen sie sich besser beobachten.
mit glück erwischt man sie in einem sonnigen augenblick, vielleicht im park oder auf der schwimmbadwiese, wie sie für die dauer einer kurzen rast ihrem wandeln entsteigen. sie lassen die flügel aufflattern, die haut im licht schillern.
einmal nicht strömen, an ewigen ufern

20//01//2019 – 10:10 schweigen ohne punkt + komma

21//01//2019 – 18:35 meine momma wurde einmal auf einer toskanischen sommerfeier, die cremefarbenen sitzmöbel über die wiese verteilt wie vergessenes spielzeug, gefragt, ob sie denn in beziehung lebend sei.
erstaunt, oder entrüstet rief sie aus:
ich? ich bin männerfeindin!
da lachte die teegesellschaft. + auch wir, gerade vom fluss kommend, die nackten beine über das sofa schwingend, auch wir haben gelacht + dabei das feuchte haar geschüttelt, bis es tropfen durch die luft warf

oft noch sind wir in den fluss gestiegen, die abende wurden stiller + ernster. während die zikaden mit ihrem rasselnden marsch unbeirrt auf die gestirne hielten, aßen wir geplatzte tomaten, süßer als früchte.
sommeruntergang + dann fuhren wir heim.
die stiche waren bereits verheilt, darüber neue haut

22//01//2019 – 17:36 die deutschen mit ihrem distanzfetisch. selbst in engeren freundeskreisen gibt es recht klare vorstellungen, dies das sei PRIVAT, jenes schon wirklich grenzüberschreitend + wer zu viel von sich zeige, mindestens bemitleidenswert.

vielleicht hat der nationalsozialismus einen verborgenen, aber irgendwie physischen ekel hinterlassen.
gefühle, so scheint es jedenfalls, schmecken den deutschen so gut wie saure milch.
+ nähe ist, wenn du die toilette von einer person übernimmst, um dann mitten in ihren dämpfen zu stehen

22//01//2019 – 21:11 eben im farbenladen um peniseichelrosa gebeten. die sehr zuvorkommenden mitarbeiter haben direkt die hosen runtergelassen, um mir die aktuelle farbpalette zu präsentieren. nun mischen sie an, ich habe mich schließlich für einen leuchtenden entzündungston entschieden

23//01//2019 – 16:23 eigenbedarf
wenn meine freundinnen sagen, sie könnten nicht woanders als in der stadt leben, ist ihnen dann klar, dass these days dieses urbane begehren sehr viel mehr einem klasseninteresse geschuldet ist als aufregenden großstadterlebnissen (die sie zwar eh nicht erfahren, aber weiterhin als erzählung um sich herum wissen wollen)? ist ihnen auch klar, dass die städte die neuen vorstädte sind, mit all der mittelklasse-eintönigkeit, wegen derer sie sich mal sehnsüchtig in schmuddelige hausprojekte projiziert haben?
liegt vor allem an der zentrifugalkraft, die die klassen nun räumlich in neue ordnungen trennt + this is why we can't have nice cities anymore

+ die linken bewegungen mit ihrem kampf um die stadt (verloren seit irgendwann in den neunzigern): weshalb interessieren sie sich nicht für die peripheren räume, in denen sich wahrscheinlich mehr adressatinnen linker anliegen finden lassen als heuer in kreuzberg, st. pauli, whatever?
+ wie viele dienstleistungsberufe, also low-skill-täti gkeiten, die nicht vollständig von automatenarbeitern ausgeführt werden, wird so ein kaff in zukunft eigentlich noch zu bieten haben? ist es wirklich denkbar, dass wir uns alle gegenseitig bedienen?
nicht umsonst heißen diese tätigkeiten mittlerweile reichtumsjobs, weil sie einem vorhandenen wohlstand zuarbeiten.
deshalb sind wir heute an die ränder von städten gekettet, die einst uns überlassen waren. man kann auch sagen – wir durften das nest bereiten.
nun haben wir die kündigung erhalten

23//01//2019 – 23:41 wegen eurer akademischen möglichkeiten bau ich doch eher auf ausländerdorf statt auf die woke landkommune.

ein dorf mit atheistischem bekenntnis, wird sonst zu kompliziert. um die belebte dorfhauptstraße würden uns urbane foodie-hipster ganz schön beneiden, ramen injera mezze fish+chips, alles da. es wäre wahrscheinlich ein etwas lauteres dorf + die leute hätten die gebräuche auch in der 2. + 3. generation noch nicht abgelegt – auf der neonbeleuchteten promenade mit kind + kegel mitternächtliche spaziergänge, hochzeitsautocorsos, die das dorf umrunden + durchqueren + dann nochmal hundert runden. okay in den schönen asiagassen wäre es vielleicht etwas ruhiger, aber dafür gäbe

es heimliche hinterhofhahnenkämpfe + opiumbars. bald mischt sich ohnehin alles + alle + die schönheit der kinder wäre zunehmend nicht von dieser welt?
wenn wir das dorf in tropical island ansiedeln, dann wäre für immer mittelmeer oder was immer uns einfällt.
denke, ich scheiß aufs paradies, wenn ich diese biosphäre haben kann

04//02//2019 - 00:01 1999, irgendeine polnische stadt. der zug muss umgekoppelt werden, es hat noch stunden bis zur weiterfahrt. wir entschließen uns zum gang durch den ort in der einsetzenden morgendämmerung. nicht weit ein großer fluss, vielleicht finden wir dorthin. hier, in der nähe des bahnhofs, sind die häuserwände von einheitlichem, geschlossenem grau, die fenster klein + ohne einsicht. um diese uhrzeit liegen die straßen noch leer, dennoch bilde ich mir blicke im rücken ein.
vielleicht wegen der überall hingeworfenen haken- und keltenkreuze. es sind so viele + ich habe sie nicht erwartet. gehe weiter mit den deutschen kids durch polnische gassen. sie schütteln den kopf + ich fühle mich unendlich fremd an diesem ort, in dieser geschichte.
wir biegen ein paarmal ab + sind bald draußen aus dem wohngebiet. langgrasige wiesen, ein feldweg, freundlich stehende obstbäume. tatsächlich fließt da hinter der böschung etwas; ein kanal, immerhin. die sonne geht nun auf + legt warmen schein auf unsere gesichter.
wir setzen uns an den hang + schauen zu, wie das licht satt wird. gold ringsum.
dann zeigt eine auf eine kleine brücke zu unserer linken. auf der metallkonstruktion glänzen ungelenk gesprühte lettern in der morgensonne –

wenige augenblicke später rennen wir durch die kopfsteingepflasterten gassen zurück. wir wollen den zug nicht verpassen, weiter nach osten.
hierher, an diesen ort im übergang, werden wir nicht mehr zurückkehren. morgen wird er ein anderer sein.
es ist 1999 + der zug steht bereit

04//02//2019 - 10:32 geborene guckindieluft, gelernte tunichtgut, ledige habenichts.
wenn mich nun wutbürger + halbstarke zum gutmenschen adeln, was sollte ich dagegen haben?

04//02//2019 - 20:56 in kaliningrad angekommen tranken wir erstmal 1 wodka + dann noch 1 + dann 100.
zwischendurch
- schlief ich in der badewanne
- tanzte mit marineoffizieren
- lag muschelbelegt am strand der kurischen nehrung
- hörte die wölfe nachts bei den klippen heulen, bis zum abschiedswodka + „für jede träne einen“.

heimfahrt ... weiß ich nicht mehr

05//02//2019 - 13:06 setz dein leben in anführungszeichen + es ist „perfekt“

07//02//2019 - 11:48 die nonnen wollten mir stets einreden, ich müsse doch auch eine von ihnen werden, später. super

unattraktiv – ein religiöser posten, der nicht zum predigen ermächtigt.
dann lieber facebook

07//02//2019 – 19:35 predigt zur nacht

es wird immer so getan, als seien alle menschen gleich viel „wert". alle könnten irgendwas, alle hätten ihre guten seiten bzw seien eigentlich gut. man missverstehe sich nur, höre einander nicht zu etc. das ist irgendwie nicht ganz falsch, aber auf keinen fall richtig.
wir alle kennen durch + durch böse menschen, auch durch + durch dumme. beides bedingt sich eben gar nicht, im gegenteil braucht so echte bösartigkeit schon eine art von intelligenz, um was auszurichten; es sei denn, sie wird physisch ausgeactet, das kann jeder mann. dann so wirklich reine seelen, dass man es mit der angst zu tun bekommt – sie sind doch oft etwas dumm, nicht? Möglich, dass sie sich dazu entschieden haben, menschen sind von unterschiedlicher tiefe, unterschiedlicher lern- + vor allem liebesfähigkeit – damit müssen wir, so wie es jetzt + hier ist, klarkommen. niemand ist so angelegt, alle sind so geworden. dann gibt es reichere + ärmere – das ist nur unsinnig, kinder könnten es erklären.
worum können wir uns also kümmern? verteilungsfragen natürlich. dann die wertfrage selbst – ein mensch hat seinen wert im menschsein an sich, so ziemlich dem einzigen gemeinsamen nenner aller 7,7 milliarden artgenosseninnen. ich kann mir kein vernünftiges system denken, das nicht auf dieser grundannahme fußt. was mit sich bringt, dass all jene, die nicht mit dieser annahme übereinstimmen, probleme darstellen, für die man sich menschenwürdige lösungen überlegen muss.

zuguterletzt – in jedem versager, verglühtem stern, vernarbtem herzen steckt eine möglichkeit von uns allen.
so unterschiedlich sind wir dann eben doch nicht. nur sehr fantasielos, welche zurichtungen + kaputtmachungen unsere realität bereithält.
kein appell, einander liebzuhaben, nur einer dafür, sich selbst als recht zufälliges produkt von bedingungen + ereignissen zu verstehen.
wer rückgrat besitzt, soll nicht stolz darauf sein, sondern es einsetzen.
wer keines hat, soll sich selbst verzeihen + andere in ruhe lassen. + einfach bisschen leiser drehen + sport machen oder sonstwas. amen

07//02//2019 – 20:20 ich besitze nicht viel, aber diesen traum:
nach marseille ziehen
großes boot kaufen(?!)
es auf „falscher dampfer" taufen
an sommerabenden freiluftkino auf dem deck
im winter finnische tangoabende
tischtelefone

beginne noch heute an der erfüllung meines traumes zu arbeiten –
von nun an roter lippenstift für mehr *trinkgeld*

20//02//2019 – 17:45 würdet ihr euch gern selbst daten?
aber achtung – plötzlich doch gefühle im spiel, nähe / distanz, manöver, falsche erwartungen.
+ dann die freunde: hab dir doch gleich gesagt, du bist 1 idiot

21//02//2019 – 10:41 vorhin war ein mädchen im laden, das hat schön mit seiner puppe gespielt.
ich möchte so gerne diese puppe sein. herumgetragen, gekost + gekämmt werden. schöne kleider + dann verzückte blicke ernten. es hat mich wirklich lieb. manchmal schlafen gelegt, weil müde + dann in die luft geworfen. 1x 2x 3x. bis das kind keine lust mehr hat. ich falle auf den boden, gesicht nach unten. werde umgedreht + hart in den bauch gedrückt. dann wird an meinem auge gepult, bis es lose ist. ach trude, tadelt der vater, nun ist sie wirklich hin.
bald lieg ich in einem karton am straßenrand zwischen apfelschalen + taschentüchern. ich will mit den augen klimpern, aber es geht nicht. auch mein arm ist falsch eingedreht.
vielleicht findet mich ja wer + setzt mich neu zusammen.
vielleicht hat mich nochmal jemand schrecklich lieb.

22//02//2019 – 11:05 wir legen stoff ab
im wechsel
der aggregatzustände
enthüllen uns
an den schmelzpunkten
treiben im fluss
bis hin zum blasenwurf
steigen mit den gasen auf
+ drängen in die verbindungen
.°.~:°.
du. ich will mich lösen
sinken
zu den tiefen
deines elements

23//02//2019 - 22:26 ohne konsonanten wären wir wieder tiere?

26//02//2019 - 17:18 lebensmitte, das war mal ein ort auf der nächtlichen sonnenallee.
bei den letzten besorgungen auf dem heimweg bin ich manchmal daran vorbeigekommen + hab gedacht, lassen sich stärkeringe einsammeln, liegt irgendwo ein leuchtendes schwert herum, oder um was geht es? der ladeninhaber hat sein abschließendes l aber vermisst + jetzt gibt es hier wieder normale gurken + grapefruits

27//02//2019 - 18:56 er argumentiert mit bestechend scharfem aftershave

28//02//2019 - 17:20 begehren ist wintersport.
alle tun es + zeigen irren spaß an den verrenkungen. alle paar jahre will ich mich auch darin versuchen. steige auf die bretter, bis es mich hinlegt. kälte um die knochen, brennende wunden.
lektion gelernt. vergnügt euch nur in den alpen.
ich schicke postkarten von der riviera + schau dem meer beim erregen zu

01//03//2019 - 11:38 im dorf fand man den neuen pfarrer zunächst sonderbar oder einfach fremd.
nach einiger zeit aber gewöhnte man sich an ihn + stieß sich weniger an seiner unvertrauten art. seine durchführung der messen gab keinen grund zur klage, man ließ ihn seine arbeit machen.

dann, als die faschingszeit nahte, lud die kirchengemeinde zu einem umzug. am närrischen tag selbst sorgte der pfarrer für einiges murren, als er im weibischen kostüm den zug anführte, einem gewand mit aufgenähten scheuerblumen + bunten bommeln am saum. ihn schienen die unbehaglichen blicke nicht zu erreichen, er lief munter voran + seine augen standen hell + weit.
in dieser nacht starb einer der dorfältesten. seine familie war wohlhabend + konnte mehrere bürgermeister im stammbuch verzeichnen. die totenmesse am nächsten morgen war so gut besucht, dass die tür offen stehen musste, um noch die letzten zu fassen.
der pfarrer hielt eine ehrenvolle messe ab.
seine schwarze robe glänzte im einfallenden morgenlicht. das tiefe murmeln der anwesenden ließ die gebete groß werden + füllte das mächtige kirchenschiff. langsam zog weihrauch durch die luft.
ruhe ihn frieden, sang die gemeinde.
nun, da er die arme hob, um den kelch zu nehmen, blitzte den kirchgängern etwas in den augen.
die kleinen bunten bommeln, unter dem saum der robe schaukelnd wie schulkinder, die sich einen unanständigen witz erzählen. schaukelten + höhnten, die kleinen verräter

03//03//2019 - 01:05 der nachbar hatte uns in der nacht aus den betten geholt, „kommt schnell, beeilt euch“ + in den garten geführt. sommernacht, leichte frische durchzieht mein nachthemd.
oh.
wie wir dort stehen, fasst mein bruder mich an der hand + nickt in richtung meiner momma. sie staunt. ja, das ist ein wunder. glühwürmchen, unzählige. sie flirren durch büsche, wipfel +

noch weit in das dunkel der reben. ein anderes licht als das der sterne, aber verwandt.
solch ein licht möchte ich tragen, wenn deine nächte finster sind

05//03//2019 – 20:27 schreiben ist auch design.
buchstaben sind meine models, schau wie sie laufen xXx

06//03//2019 – 22:28 bin vorhin im café „gecastet" worden. früher ist mir das ab + an passiert, jetzt schon seit längerer zeit nicht mehr. nichts zeichnet mich dafür aus – heute saß ich zudem mit fettem grippegesicht beim ingwerminztee.

aber ich habe eine hautfarbe.
die können lifestyleagenturen für ihre berlin-instagram-stories, modemenschen für ihre präsentationen, filmhochschulabsolvent*innen für ihre filme + musiker*innen für ihre videos immer noch gut gebrauchen. im hintergrund oder als nebenfigur – ich bin dekor.
+ zaubere in diese kulturprodukte einen hauch von weltläufigkeit, enthemmtem clublife + physischer erotik, diese dinge.

nichts davon ist in meinem leben enthalten, der blick auf meine blackness assoziiert frei.
ab 200euro ist das okay für mich

14//03//2019 – 11:02 kann ich einen souffleur für meinen alltag haben, bitte?

14//03//2019 – 21:49 versinke gerne in romanen, doch als ich letztens an einer stelle in einem buch ankam, in der die protagonistin die ubahn an tatsächlich meiner station verlässt, um in der dämmerung durch tatsächlich meine kleine straße zu flanieren + ihre gedanken in die baumkronen vor meinem fenster steigen zu lassen, da hab ich es eben rechtzeitig noch weggelegt.
wenn schon der gefräßigkeit von literatur zum opfer fallen, dann lieber magischem realismus als millennialer sachlichkeit

15//03//2019 – 11:13 das tolle am französischen ist, dass man sich beim redseligen gastgeber einfach einbilden kann, er beschriebe gerade hingebungsvoll 78 unterschiedliche käsesorten in ihren feinen geschmacklichen nuancen + um das bild abzurunden auch die verstörenden blähungen dazu.
eine wunderbare sprache

15//03//2019 – 16:24 oft haben männer nichts gegen den feminismus, sympathisieren mit ihm, wollen ihm beim wachsen + großwerden zusehen. sie freuen sich ehrlich, wo er gelingt, zu guten ergebnissen führt. sie wünschen ihnen alles gute, den aufstampfenden frauen, nehmen sie auch mal in den arm, denn sicher, ihre forderungen seien berechtigt, ein unding alles, aber jetzt dürften sie sich auch wieder beruhigen, na komm mal her

natürlich würden sich diese männer der guten sorte nicht selbst diese plakette verpassen, aber irgendwie sehen sie sich schon auch als feminist'innen' hihi. sie unterstützen die anliegen ihrer freundinnen, mit vollem herzen. feminismus fängt eben nicht beim kleinlichen streit um waschgänge oder sexuelle feinfühligkeit an, sondern auf der straße, als politische forderung. da sind sie gerne dabei.

deshalb sind ihnen die emotionalen oder vom hass zerfressenen frauen unverständlich. am ende sind sie es, die den feminismus verhindern. weil sie die männer nicht mitnehmen wollen. weil sie sich nicht in den arm nehmen lassen. weil sie übertreiben, hart. weil sie sich auch gegen freunde, kollegen, gute leute wenden. gegen den mann selbst, dabei macht er alles richtig – er ist UNTERSTÜTZER HALLO?! sie haben wohl schlechte erfahrungen gemacht, die sie nun verallgemeinern. sie sind richtende opfer.
sie gehen zu weit.

sieht man direkt, wie verhärmt die aussehen, zehn jahre älter jede.
da kann er leider nicht mehr mitgehen

17//03//2019 – 17:47 marseille

auch aus nächster nähe steht man den gilets jaunes unentschlossen ggü.
gut, dass sie sich zu diesem protest zusammengefunden haben, gut, dass die republik erzittert, aber lassen sich die antisemitischen, rassistischen, insgesamt oft abstoßenden reflexe wirklich für den moment verdrängen oder aushalten (hier in marseille wurden zb alle politiker als „pédé“, schwul, bezeichnet). am ende sammeln sich viele betrunkene männer im hafenbecken, zuvor waren vor allem moralische mittelstandsfamilien (wegen klima) + auch fleißig intervenierende studenten zu sehen. stresserkids waren ebenso dabei wie palituchträger + esoterische schmetterlinge. es ist unklar, was diese leute eint, schrumpfende ausbeutungstoleranz scheint jedenfalls beigemischt zu sein.

die sonne geht nun unter + die rotgesichtigen männer bellen den in absurder anzahl aufgefahrenen polizeieinheiten ihr a-u a-u a-u entgegen. niemand scheint wirklich aufgeregt, die umstehenden unterhalten sich noch lange vor der untergehenden sonne.
on verra

18//03//2019 - 12:19 die französische küsserei macht mich fertig!

19//03//2019 - 17:45 was habe ich mich über die entwaffnende ehrlichkeit hier auf tinder gewundert.
jeder zweite französchische mann bekennt sich ganz offen zur enthaltsamkeit.
eine ungewöhnliche + dabei hotte selbstaussage. all die célibataires marseiller prägung, sie haben plötzlich was von der tragikumflorten erotik römischer novizen.
~
bon. mir war nicht klar, dass das französische auch eine äußerst nüchterne qualität besitzt.
einfach dem albernen single einen keuschheitsgürtel verpasst.
hmm.
unmatch

20//03//2019 - 12:20 meine beiden augen haben die gleiche farbe, sehen aber verschieden. das eine holt alles nah ran, bis die farben mich übermalen. das andere zieht weit hinaus, setzt mich auf den mond + schaut auf figuren in bewegungen, bewegte figuren.
alles ist gleichzeitig nicht nah

man soll dankbar sein. hätte ich nicht diese guten ohren, ich würd euch gar nicht erkennen

21//03//2019 – 17:56 als schwarze*r in einer weißen gesellschaft aufzuwachsen, es also gar nicht anders zu kennen, heißt sich an blicken der anderen zu formen, die das eigene selbst als abweichend, minderwertig, hässlich betrachten.
auch rassismuskritische weiße hören das nicht gerne. etwas an dieser feststellung beunruhigt sie. so wollen, können sie das nicht stehenlassen.

es gibt dann zb jene, die versichern, hautfarben gar nicht wahrzunehmen, „alle menschen für mich gleich" usw. solche aussagen erscheinen mir als ausdruck höchster verunsicherung, die umgehend mir übergeholfen werden muss. oder jedenfalls – als aufforderung an mich, sie zu versichern. nein, du trägst keine verantwortung, du darfst ignorieren, dass wir auch innerhalb unserer beziehung in dieses größere verhältnis gesetzt sind, du bist 1 super menschlein. diese art von versicherungsleistung ist anstrengend.

noch etwas anstrengender sind vielleicht die bekenntnisse. man hätte schwarze menschen ja schon immer „viel schöner" gefunden, wäre selbst lieber schwarz gewesen (natürlich kindlicher quatsch, aber schon auch cool, nicht?), oft verbunden mit kritischen nachfragen wie „warum trägst du dein haar nicht natürlich? also als afro" oder lobpreisungen des schwarzen körpers (wir haben ja alle nur diesen einen, ich vergaß). was lässt sich dazu anderes sagen als – leute, kommt klar, gebt ruhe

manchmal folgen auf solch genervtes abwehren diskussionen über verinnerlichte rassismen (jep, lass ich mir gerne

von weißen menschen „erklären") oder empfindlichkeit (schwarze snowflakes haha) + es wird wirklich zeit für einen themenwechsel auf eis.
insistieren auf natürlichkeit, das unaufgeforderte definieren von blackness, das antizipieren von eigenschaften oder ansichten, bevor auch nur ein wort gefallen ist - man ist in erster linie schwarz + damit vertreterin des kollektivs.
wir werden dazu erzogen, uns entsprechend zu verhalten. schwarze kinder sollen sich nicht in freier selbstentfaltung austoben oder sich entdecken, sondern blicken standhalten, widersprechen, positiv „überraschen", nicht bestätigen usw

was ich erst spät kennenlernen durfte - die blicke der eigenen „communities" sind kaum weniger entindividualisierend. auch ihnen muss standgehalten werden + das ist oftmals fast schwerer. verlangen sie doch strenge unterwerfung + bringen eine*n in dieses paradoxe verhältnis - einerseits soll man innerhalb der rassistischen matrix den klassenüberfliegenden erfolg suchen, andererseits kulturelle verwurzelung im kollektiv anstreben, welches sich ausschließlich über das (fest)gesetztsein in dieser matrix zusammensetzt.

ich möchte nicht falsch verstanden werden. solange die machtverhältnisse so gebaut sind, dass schwarze menschen wie fliegen verrecken, sei es aufgrund von fluchtabwehr, hunger, kapitalistischer ausbeutung, aids, drogen, nazistischen wichsern, + es einfach SCHEISSEGAL ist, weil wir eben genau das im weißen verständnis sind, die fliegen auf dem scheißhaufen der zivilisation, solange gilt - ich bin durch + durch schwarz, im solidaritätsgebenden + einfordernden sinn. aber das ist eine politische kategorie, keine kulturelle.

die einzige freiheit, die ich bis jetzt in all dem finden konnte, ist die freiheit der außerirdischen. in vielem war + bin ich

den rassismusgeformten blicken unterworfen, ohne sie hinterfragen, gar überwinden zu können. aber diese „fremde" qualität meiner hautfarbe, als schwarze in einer weißen welt, habe ich auch geliebt.
„You are on your own. You have no culture. You don't belong anywhere."

das wird oft als leid formuliert, leid an der einsamkeit dieser position. die ist natürlich real. aber für mich lag darin auch immer eine utopische fähigkeit – sich nicht mit der macht identifizieren. einfach gar nicht identifizieren + freien menschen als freie begegnen. eines tages irgendwann

22//03//2019 – 16:24 weshalb eigentlich kleiden wir uns nicht in nudelteig, so richtung maultaschen?

an kalten tagen würde ich dir etwas dampfende brühe übergießen.
+ du mir heimlich schnittlauch zustecken, das gute zeug.
wir wären köstlich

23//03//2019 – 12:29 die prüfungsfrage fürs erwachsensein: wird es irgendwer sonst für dich machen? nein? herzlichen glückwunsch.

24//03//2019 – 09:47 um diese uhrzeit kann man beim gang durch die stadt erleben, wie besoffene männlichkeiten beginnen sich gegenseitig die birne einzuhauen. in der früh dann lassen sie sich nicht selten von ihren partnerinnen einsammeln, wenn sie's nicht zwischendurch nach hause geschafft haben, um ihnen auch noch eine mitzugeben.
ist das natur? dann kann sie weg

24//03//2019 – 16:20 ihr wollt reisen. balanciert boote aus, holt seile ein. streichen, taue. tauen.

ihr gleitet durch eure landschaften, sie teilen sich vor dem bug.
ihr zeichnet federn ins glatt, wegen der glätte seid ihr hier.
ein reiher steigt im winkel der ruder. so ebenmäßig treibt ihr auseinander, wendet das blatt mit dem flügelschlag.
von früh her ein bogen.
schaut die strömung, darunter steine.

mein kopf ist schwer kannst du ihn halten
bis ich verdunkelt bin
bis hin zum schilf
wie die zeit
daran streifen
als wind

24//03//2019 – 23:45 ein gutes hat der tod – ewiger feierabend

27//03//2019 – 01:49 meine arbeitsstudien haben folgendes ergeben – der rauchsalon im kaffeehaus weist in der entwicklung seit 2001 eine deutlich erhöhte diversität hinsichtlich race + gender auf, allerdings korreliert der tabakkonsum heute eher mit niedrigen einkommensgruppen als damals der fall. insgesamt wird mehr gelabert + schneller studiert.
in allen bereichen wurde noch in den nuller jahren deutlich mehr geknutscht

29//03//2019 – 17:58 beißt du lange genug in den burger, beißt er auch in dich hinein

30//03//2019 - 15:56 baiser. überlegene nahrungsform, seit der renaissance in europäischen küchen bekannt. meine oma hat es zu fruchtschalen serviert, andere (italiener) packen mandeln + sachen rein. in der hand gibt es gespeicherte wärme ab, im mund verhält sich die fest-poröse struktur außergewöhnlich. baiser gehört zur familie der aerogele. wie cool ist das bitte?

einmal applaus für ~ b a i s e r ~

30//03//2019 - 17:54 frühling bringt immer die hoffnung, dass der frühling hoffnung bringt

02//04//2019 - 01:03 bilden sich im klimawandelnden ökosystem nicht auch mal neue arten?

02//04//2019 - 15:21 als ich klein, jedenfalls jünger war, wollte ich detektivin, schriftstellerin, psychoanalytikerin werden.
hab gern den leuten zugeschaut, was sie so tun, im licht + im schatten. vielleicht hätten sie's mir im berufsinformations-zentrum auch gleich gesagt –
you're a natural born waitress

08//04//2019 - 16:26 geht man mit 1 kind an der hand durch 1 dunklen wald,
wird man größer ruhiger stärker, weil die ganze angst nun beim kind ist.

das ist das talent der kinder

13//04//2019 - 11:39 weshalb muss diese narzisstin ständig das gespräch auf sich lenken, wenn wir doch gerade über die interessante von uns beiden reden?

18//04//2019 - 00:25 es gab eine zeit, da war ich vor notre-dame manchmal zum spaziergang verabredet, wir haben aber vor allem viel geküsst. ja traurig, dass sich das alles nicht erhalten ließ

18//04//2019 - 17:14 schorle, das freundliche wort.
herkunftsgeschichtlich finden sich verwandte wie zurriburri
+ scormorrium. + das schwirrt auch herum:
murlepuff

19//04//2019 - 22:21 22° – ein anfang, kein zustand. wer's anders sieht, ist reformist

22//04//2019 - 15:59 eine straße ohne aufregung, schräg
durchteilt von schatten / schon schwerer sonne. einer offen
stehenden spelunkentür entkommen noten von bass + klavier.
dudelmusik, nachmittagsjazz, vierzig jahre tief + steigend.
hier ist nichts vergangen. hier sind wir ungeboren.
die pollen schweben still + warten.
wann geht ein herzschlag durch die luft.
sechs uhr.

24//04//2019 – 17:59 bin sauer auf die biologie. weshalb sind wir nicht einfach so beschaffen, dass man alle fünf jahre in jmd anderen hineinmorpht + dann halt mit diesem leben fortfährt?
wir wären sowas von nett zueinander + es herrschte kommunismus by nature. stattdessen diese unnötige begrenztheit

25//04//2019 – 15:59 letztens hat mich bei einer feiergelegenheit ein auf fb mitlesender angequatscht.
ausgesucht höflich – er wolle gar nicht stören, sich nur mal vorstellen, sei ja, doch sehr angetan von meinen textkleinigkeiten, lerne vielleicht auch hie + da mal was, aber meist hochinteressant, witzig usw.
oh, danke.
für welches blatt ich denn eigentlich schreibe? ach so, nur facebook, sieh an. dann vielleicht im literaturbetrieb unterwegs?
nee, gastro.
tatsächlich?
ja.
sei ja keine schande, lächelt er.
+ empfiehlt sich.

stand da noch etwas herum, in meinem drink rührend.
alle plätze besetzt, ausgelassene menschen in angeregte gespräche vertieft, fröhlich sah das aus.
ich war aber an einen kühlen ort entführt + fand nicht mehr zurück.

26//04//2019 – 01:16 die zukunft geht
der sommer kommt

27//04//2019 – 01:30 ist die nasolabialfalte das neue sexy? / \

27//04//2019 – 11:16 im europäischen ausland unterwegs gibt es meistens diesen einen wermutstropfen – loblieder auf deutschland.

umgang mit „der historie“ – vorbildlich.
merkel – vorbildlich.
aufnahme + integration von geflüchteten – vorbildlich.
sozialsysteme – vorbildlich.
okay, eu-vorherrschaft, griechenland etc – nicht so die feine.
aber achtung –
umweltschutz!
zukunftsweisend!

sie haben
also diese deutschen
sie haben da
diesen trick
omg
MÜLLTRENNUNG

29//04//2019 – 01:11 koriander + ihr schreit
brennnesselspinat + ihr schweigt

29//04//2019 – 17:21 tod, ein ~ lebensabschnittspartner ~

30//04//2019 – 00:38 das woke PoC (sprich pock) ist eine interessante klammer. finde mich da in deutschland neben türkischen nationalisten, arabischen rassisten, (weißen) brasilianischen rechten wieder.
vielleicht der einfachheit halber zum guten alten „südländer" zurückkehren?

03//05//2019 – 15:57 österreich kommt mir oft vor wie ein kulinarisch gethemetes marionettenspiel, der bucklig hüpfende gang lässt sich bei genauem hinschauen beobachten + die bösartigkeit der leute hat vor allem was schauspielhaft-niedliches. außerdem sind da die topfenberge, die hendlhüttn, der schlagobersgipfel, eine marillensonne + die würstlwälder, es ist schon alles sehr ausgedacht.
wahrscheinlich schmeckten selbst die kellerleichen lecker, würden sie vom schnitzelwirt serviert

06//05//2019 – 15:20 was anziehn
wen abstoßen
so fragen

07//05//2019 – 00:04 ihr habt die „debatte" um kevin kühnert verfolgt, ihr seht dem ronja v. rönne shitstorm beim wachsen zu, wie kommt's, dass noch nicht jede weiß –
alliteration hat ihren preis

08//05//2019 – 18:46 vorschlag zur güte (burggrabenfrieden)
– kopftücher aus den flaggen der alliierten?

11//05//2019 - 10:59 zu einer zeit, als ich mit ganz anderen dingen beschäftigt war, als von titelseiten zu träumen – könnte gestern gewesen sein, aber nein eher vielleicht 1998 – habe ich mal eine bekommen.
nur taz berlin, aber halbseitiges foto. ein fotograf hatte mich vorm palast der republik aufgegabelt, ich war gerade dabei die wäschetrommel zu füllen.
das mag wunderlich klingen, aber berlin war in diesen jahren eine stadt der kleinen wunder wie auch praktischen + schönen kunstaktionen. kunst hieß da zb zu beginn eines heißen sommers rund hundert waschmaschinen auf dem palastvorplatz zur freien benutzung aufzubauen.
es war die beste sache überhaupt.

man muss wissen, dass in diesen jahren viele berlinbewohnerinnen weder über ein badezimmer (provisorische küchenduschen waren keine ausnahme) noch über das ganze schwere haushaltsgerät verfügten.
man traf sich bei diesen volkswaschmaschinen, nahm ein buch mit, gab den obdachlosen von irgendwas ab (waschmittel, apfel, fünfzig pfennig), begann ein gespräch oder legte sich ins gras.
die stadt war noch ungewohnt riesig + kaum mit menschen gefüllt, es gab keine ärgerlichen warteschlangen.
~ gute gute zeit. sie ließ sich gebrauchen wie ein kaugummi, kurzer heftiger genuss oder auch langgedehnt, blasen werfend ~
da also neben der gänseblümchenwiese fand mich der mensch mit der kamera + damals wusste ich noch nicht, wie sehr ich das modellstehen + die phallusgleich ausfahrenden objektive hasste, es schien alles so gleich unter der sonne. die anweisungen des fotografen waren auch recht anspruchslos, geh mal hierhin, schau dorthin, setz dich da mal drauf, ok

danke schön ciao. glaube, noch nicht mal gefragt zu haben, wofür die fotos verwendet werden sollten. dementsprechend überrascht war ich, als mein bruder mich wochen später mit einem aufgeregten anruf weckte, kauf dir mal die taz, du bist da drin.
der artikel selbst beschäftigte sich dann leider nicht mit mir, sondern üblicheren sachen wie dem geplanten abriss oder so. aber für diesen einen tag fühlte ich mich eins mit dem borstigen planeten, auf dem ich gestrandet war.
das mädchen, das da auf der waschmaschine vor der glänzenden, todgeweihten palastfassade saß, schien zuversichtlich in die zukunft zu blicken. als würde ihr rechtzeitig ein talent zufliegen, sich gleich wer in sie verlieben + überhaupt der weltenlauf in ihre richtung neigen. eine zukunft, gänseblümchenbewachsen.
der zeitungsausschnitt ging bald verloren + die dinge sortierten sich etwas anders: der palast wurde entkernt, geflutet, abgerissen. als ich das nächste mal ein bild von mir in der zeitung fand, ging es um rücksichtslose fahrradfahrer auf gehwegen.

jetzt ist es so, ich schau zurück auf wege.
+ wieder fängt ein sommer an

13//05//2019 – 08:14 kann kaum erwarten
dass du dich ausziehst
mein licht fällt warm auf dich
will nicht ertragen
wo du mich enttäuschst
mein blick hält kalt auf dich

hell soll es sein
wir wollen alles sehen
wie geil wir sind
+ aufgerissen
komm in mir drin
komm zu dir raus
wo fängt die liebe an
wo hören die bilder auf

enttäusche mich
+ zieh dich aus

16//05//2019 – 18:50 bei einem klassenausflug wurde es noch einmal ausgerufen, obschon wir ihm als jugendliche schon fast entwachsen waren. wie hieß dieses spiel nochmal, bei dem kinder eine große leichte plane halten + beim hochziehen rufen, wer darunter durchrennen muss?
„alle blonden", „die gernsbacher", „wer schonmal eine sechs hatte", in dieser art. flink musste es gehen unter dem planendach, damit es nicht auf einen niedersegelte.

bei „alle neger" sind wir drei vier mädchen direkt losgelaufen + erst unter dem sekundenzelt dämmerte uns auf – waren wir hereingelegt worden, haben wir uns hereinlegen lassen? da war zweifellos irgendwo eine falle, aber war sie nicht einfach unsere welt? keine von uns fand aus dem zelt heraus, es legte sich sahnegleich über uns + dämpfte dabei das lachen von draußen.

wir waren jung + süß wie erdbeerkuchen, wir saßen verdutzt unter weißem plastik, aber wir waren nicht allein + das war auch ganz schön

16//05//2019 - 18:55 jede hatte so ihre eigene schulhofstrategie. meine war - die coolen in ihrer uncoolness adressieren die uncoolen in ihrer coolness. hat mich mit wenig aufwand auf einen punkt der perfekten äquidistanz projiziert, auf dem mich kein bleistiftwurf, kein flaschendrehen + auch keine heiße bengelverliebtheit mehr erreichen konnte.
nur der duft der salamisemmeln, ihr wisst, kennt kein entkommen

18//05//2019 - 12:31 zeit aus der leitung laufen lassen. am besten lauwarm, empfohlene temperatur für langeweile

19//05//2019 - 23:02 begrabt mein herz in der windung einer linken spaltungsdiskussion

21//05//2019 - 12:31 seit einiger zeit ist der eu-sternenring beliebtes motiv auf hoodies + shirts mittelinteressierter liberalmenschen.
nur eine frage der zeit, bis die ersten tattoos auftauchen + que serà, warum nicht auch das ein oder andere veilchen mit sternenglorie

21//05//2019 - 14:24 fick fick fick die bvg
mein jahrhundert trick, nämlich verpeilt telefonierend am geschehen vorbeilaufen, hätte mich fast zum dritten mal vor solch einer offensive gegen die armen dieser stadt bewahrt. allerdings bin ich diesmal noch zu lange auf dem gleis rumgeschlendert + habe ihnen damit unnötig gelegenheit verschafft, mich gemeinsam mit halb neukölln dranzukriegen. die solidarität unter uns erwischten war groß. tee wurde gereicht, prophylaktisch augenzeuginnenvideos erstellt, eine mit zwei kindern hätten wir beinahe noch aus den fängen der milizen befreit, sie waren aber zu geschwächt für die flucht über die rolltreppe + das offene karstadtgelände. als ihre personalien aufgenommen wurden, reckten wir spontan die fäuste, ein bewegender moment.
+ ich schwöre, für eine sekunde zuckten dem obergeneralkontrolletti die augenlider.
venceremos!

24//05//2019 - 12:23 tatsächlich habe ich mal einen anruf von, na gut nicht gott, aber immerhin jesus erhalten.
er klang erschrocken, aber auch gefasst, als er mir erklärte, dass er in dieser minute an der swinemünder / ecke rheinsberger stünde + zwar ohne schuhe. er betonte das, als wäre es dringend, dass ich begriff. OHNE SCHUHE, verstehst du?
„ganz ruhig“, sagte ich, „was ist denn passiert?“ die erkenntnis, jesus zu sein, sei ihm eben vorhin, also vor ein paar tagen, aber jetzt eben ganz klar + deutlich gekommen. er müsse sich nun der welt zu erkennen geben, so wie gott sich ihm zu erkennen gegeben habe. „okay. okay. alles wird gut“, was ist das für ein abgrund, dachte ich, warum tut er sich gerade hier auf? „geh erst einmal wieder hoch in

die wohnung, okay? ich bleibe dran", okay sagte er + seine stimme schien von einem moment auf den anderen so fest, so klar.
das war im juni, der abend war lau + hell. am offenen fenster sah ich vögel in den baumwipfeln flattern, von woandersher eine melodie, von einer trompete oder einer flöte. ich war wie ausgeschnitten.
meine stimme war eine fremde energie, sie baute das gespräch mit ihm ohne mein zutun – manchmal schien er weit weg, dann wieder nah + um ihn herum stille. er war das zentrum des orkans, dessen ränder an meinen türen rüttelten. so nahmen wir stufe um stufe, bis in den fünften stock.
mir war, als führte ich ein kind in eine dunkelheit, um es dort auszusetzen. ich versuchte, nicht zu hören, wenn er von den stimmen sprach, hatte angst, dass sie durch ihn auch zu mir sprächen. + doch konnte ich das gespräch nicht abreißen lassen, wollte ihn hier halten, wollte ihn einfach nicht verlieren.
„bist du in der wohnung?" „ja." „+ bist du okay jetzt?" „ja, ich bin total in ordnung. sie sind jetzt auch weg", ich ließ ihn erst gehen, als er versprach zu schlafen + behielt den hörer am ohr, weil ich nicht wusste, was ich anderes tun sollte, als auf das tuten zu lauschen.
es wurde immer lauter, auch noch, als die fenster + türen aufflogen + ich mich am hörer festhielt, am einzig festen punkt, während die welt um mich zerbarst

25//05//2019 – 21:03 corbusiers st pierre in firminy.
das gebäude umstritten von grundsteinleigung an, auch später als bauruine + erst recht bei wiederaufnahme der bauarbeiten in den frühen nuller jahren. da war corbusier schon zum gefeierten meister der moderne aufgestiegen,

sein autoritätsverliebter urbanismus durch humanistische neudeutungen veredelt, seine andienung bei den faschisten zur fußnote geraten.
die späte vollendung st pierres als historischer neubau wurde auch kritisch kommentiert, jene stimmen plädierten für eine bauliche erhaltung des bunkerartigen baurumpfes.
ja, vielleicht ...

weiß nicht, weshalb ausgerechnet corbusier, aber licht, dunkles, farben, wie die zeit durch all das hindurchgeht.
beton ist hier ein aggregatzustand von musik.
also vielleicht muss man einfach ein megalomaner drecksack sein, um solch ein traumbild als bau zu imaginieren

25//05//2019 – 21:35 finden sich ein paar mutige, die bereit sind, jede verantwortung zu übernehmen für

den vormarsch der populisten
das einbrechen der binnenmärkte
das sterben hunderttausender menschen im mittelmeer
die bevorstehenden migrationsströme durch klimavertriebene
die ablösung europas als handelsmacht
das gespenst des faschismus
aufziehende weltkriege
die institutionelle diskriminierung von marginalisierten
die zensur durch marginalisierte
politikverdrossenheit
polizeigewalt
eskalierende straßenproteste
die ritualisierte verfehlung der klimaziele
den verschleppten breitbandausbau
die innereuropäische kulturdrift
islamisierung

volkstod
den siegeszug der identitätspolitik
die zersetzung demokratischer institutionen
das fehlen einer klassenpolitik
naja gesamtscheiße

indem sie NICHT wählen?

vielen dank den mutigen. it's a dirty job but someone's gotta do it

27//05//2019 – 21:18 das paradies stelle ich mir als gated community vor, in der man weder sachsen noch anderen menschlichen herausforderungen ausgesetzt wäre. haushaltsarbeit würde von harfenklängen erledigt, das los der körperlichkeit endlich überwunden sein. nacktheit existierte nischenhaft noch zb als bestellbares vintagekostüm, um uns zu berühren, führten wir gespräche + was die gesänge wären, wisst ihr.
so freundliche wie bedürfnislose engel wachten darüber, dass niemand sich dort hinverirrte, der besser in einer der unzähligen anderen nachbarschaften untergebracht wäre. faschismushochburgen, heterogefängnisse oder königreiche voll furzender rinder

da sind
so viele paradiese wie idioten
sobald wir endlich vernichtet + gestorben

27//05//2019 – 23:08 nach 23 jahren berlin mehrt sich die sehnsucht nach einem ort, an dem man frei ist, sich inner- + außerhalb zu bewegen. bei ausflügen ins umland etwa nicht in gefahr gerät, von nazis beschimpft geschlagen getötet zu werden. stillschweigende verachtung ist ignorierbar, gefahr für leib + leben eher nicht.

zur selben zeit bin ich immer wieder aufgefordert, leuten zu erklären, weshalb ich einem ausflug zu einem der herrlichen brandenburger seen oder dem wanderwochenende im erzgebirge abgeneigt bin.
was zu zuschreibungen führt wie – überängstlich, ostfeindlich, hat's nicht so mit natur. dass man daran leiden könnte, auf solche weise festgesetzt zu sein, kommt vielen nicht in den sinn. jenen, die meiner vorsicht mit hochgezogenen augenbrauen + „naajaaa" begegnen, dafür pünktlich nach jeder wahl in tiefe betroffenheit verfallen – ich gönne euch diesen wahrnehmungsfilter, darf ihn mir nur selbst nicht leisten.

wenn wir gemeinsam in den anklamer supermarkt gehen, um für das picknick einzukaufen, registriere ich die blicke des kassierers, auch wie er den freunden das rückgeld reicht, obwohl ich bezahlt habe. behalte das aber dann für mich, schließlich weiß ich, wie schwer es euch fällt, in diesen kleinen unfreundlichen gesten den großen hass zu erkennen. für euch sind das zwei verschiedene enden, für mich ein teil des ganzen.
wenn ich mich an diesem geheimtipp von badestelle mit idealem sonnen- / schattenanteil nicht neben den stiernackigen typen niederlassen will, ernte ich den vorwurf der unzulässigen vorverurteilung, „aber klar, können auch nochmal ne stunde suchen".

es muss schwer vorstellbar sein, was es heißt, sich als zielscheibe für hass durch gegenden zu bewegen, deren bewohner aus ihrer überzeugung nur selten einen hehl machen. für nicht-betroffene scheint diese gesinnung kaum fassbar, äußert sie sich nicht durch einen t-shirt-aufdruck oder ein im vorbeifahren hingekacktes „scheißnigger".

also. wir können gerne weiter von landkommunen auf den verlassenen höfen des ostens träumen. vielleicht machen das auch wirklich ein paar von euch, ich käme gern zu besuch. doch es bleibt erstmal dabei – für erkennbar undeutsche wie uns steht diese andere mauer noch

29//05//2019 – 23:30 denke dieser tage nicht selten über tod, vergänglichkeit + das mhd nach.
es ist wirklich alles noch viel länger gut, als man denkt.
wenn du meinst, du seist hinüber, kommt sicher wer + findet dich lecker.
auch mit kleinem stich

31//05//2019 – 00:35 apropos gefährliche macht der influencer – 2019 nach jesus christus, paar weniger nach mohammed + ihr zeug ist immer noch viral

31//05//2019 – 18:19 kommen sich männer nicht eigentlich blöd vor, wenn sie eilfertig den männerkritischen post liken, ganz gleich, ob die pointe bei ihnen gezündet hat?
wenn sie den kämpferischen freundinnen in ihrer vernichtenden analyse des männlichen beziehungsverhaltens voll zustimmen + dabei für sich eher erleichtert sind, mit solch

anstrengenden frauen nicht zusammenleben zu müssen?
wenn sie fordern, dass männer in der besseren gesellschaft auf lange zeit nichts mehr zu sagen haben würden, zwinker zwinker?
fühlt sich das nicht für einige grade zu verbogen an?
doch wir leiden eben alle im patria patria patriarchat

03//06//2019 - 00:30 wette verloren - mein sohn hat mich nun offiziell in sachen bartwuchs überholt

04//06//2019 - 20:15 die erdbeerhofhäuschen stehen diesjährig fast alle geschlossen BESETZEN JETZT

05//06//2019 - 07:06 panikattacken werden oft als angst vor der angst beschrieben, also vor einer katastrophe, die niemals eintritt.
zudem wird geraten, sich durch atemübungen + sinnesinterventionen (eiswürfel) zu „erden“, was schließlich ein austreten aus der panik ermöglichen soll.

mit meiner erfahrung deckt sich das nicht - das gefürchtete tritt tatsächlich + unweigerlich ein. wenn die panik bereits in der luft schwingt, ihr opfer in den blick nehmend, wird sie es erlegen + zerteilen.
es ist dann jedes mal ein sterben, mit offenen augen, bei bewusstsein.
danach steht man auf + klopft sich den staub ab. aber eben als leiche, die zurückfinden muss.
nur ein mal lief es etwas anders - da lag ich auf dem bett + versuchte vegeblich die attacke niederzukämpfen.

atemübungen, daran war gar nicht zu denken, aber ich versuchte irgendwas + berührte dabei wohl eine taste meines laptops. damit war der kosmische bildschirmschoner aktiviert, zugleich spielte im hintergrund ein zufälliges video ab, von dem nur dröhnendes gelächter zu hören war.

angst duldet nichts neben sich.
nur dieser saudumme witz – das universum, wie es sich angesichts meiner todesangst den bauch hält vor lachen – ließ sich nicht ignorieren, nicht vertreiben.
das lachen wurde lauter lauter fast frech, die angst musste die magie abgeben wie einen fliegenden hut + war seitdem in diesem dorf nicht mehr gesehen.

(hoffentlich ~ diesen wunsch in richtung sterne ~ bleibt es die längste zeit so)

05//06//2019 – 21:02 eine sache, die mich wirklich wurmt, ist, dass die filzjackenhippies recht behalten haben mit ihrem „könnte nicht verantworten, ein kind in diese kaputte + grausame welt zu setzen".
solch narzisstische bauchnabellarmoyanz triggert mich immer noch. zugleich überschlage ich heimlich das survivalpotential meines sohnes in den diversen klimaszenarien, ahne die wehen zukünftiger hitzekriege / barbarischer verteilungskämpfe über den marzipansüßen babyphotos, die freunde manchmal rübersenden.
doch es hört nicht auf – kinder purzeln überall. auf der spielplatzbank sind eine freundin + ich in eine unterhaltung über den „kapitalistischen wahn" vertieft, da fliegen uns plastikförmchen um die ohren + auch ihr bauchkind fängt an zu boxen. ich darf es grüßen, meine hand an ihren bauch legen. „hey kleiner ..."

durch die stäbe der bank lässt sich eine ameisenstraße in bewegung erkennen. aufgeregte tiere, wie kopflos. dabei herrscht präzision + unablässige tätigkeit.
sie machen einfach immer weiter, selbst unter widrigen spielplatzbedingungen. ob sie am ende von einem dreijährigen erdrückt oder in einer anderen nahen zukunft als spezies ausgelöscht werden – von einem bestimmten punkt aus gesehen haben beide ereignisse exakt dieselbe größe

07//06//2019 - 18:04 ämter erfragen oft absurde details, informationen, von denen weder jemals klar war, dass sie bereitzuhalten noch wie sie zu beschaffen sind. mich lässt das verzweifeln, ich scheitere seit jeher an dieser erfassungswut. manchmal fällt mir dann ein, wie wir den deutschen staat von seiner behördenseite einst kennengelernt haben. es lief ende der siebziger jahre in den aufnahmelagern so, dass rein deutschsprachige beamtInnen an einem tisch mit schreibmaschine saßen + die grundlegenden daten der ankommenden erfragt haben. oft genug konnten diese keine oder nur in anderen schriften verfasste papiere vorlegen.
es war dann der deutungsfähigkeit der diensthabenden überlassen, nebensächlichkeiten wie namen, geburtsdatum + -ort zu „ermitteln“.
mein bruder trug bis zu seinem achtzehnten lebensjahr einen auf diese weise erdachten fantasienamen, meiner momma gratulierten wir an einem willkürlich festgelegten tag im november zu ihrem geburtstag + bei mir lag der ort, an dem ich die welt erblickte, je nach dokument mal in äthiopien, mal im sudan.
so richtig klar ist einiges davon bis heute nicht, wichtig war es damals noch viel weniger als jetzt.

bei jedem mahnbrief wegen unvollständiger unterlagen hier, nicht nachgekommener nachweispflichten da erinnere ich mich, wie viele augen wir damals zugedrückt haben + wie viele behördenmesser heute meinen hals kitzeln

09//06//2019 – 12:25 regionalpatriotismus – der terrorismus, vor dem sich linke tot stellen

11//06//2019 – 10:39 speaking of machtverhältnisse – wenn pflanzen eine stimme hätten … naja gottseidank haben sie keine. hängen eh schon den ganzen tag mit so einer fresse herum, ihre vorwürfe SCHREIEN mich an. untergossen, übergossen – immer ist was, immer leiden sie, immer haben sie „bedürfnisse".
ich meine, einmal die woche gegossen werden, davon träumen sie woanders, da wären die glücklich.
ich wär glücklich an eurer stelle!

versucht es doch wenigstens – nur einmal wieder lächeln wie da ganz am anfang. als euch blumen im haar hingen + ihr die glänzenden blätter nach mir recktet. ich wollte mit euch leben, euch nicht mehr loslassen.
aber euch ist gar nicht zu helfen. ihr wollt trauermienen präsentieren, als würdet ihr hier schlecht behandelt, als würde euch jmd was antun. ALLES bekommt ihr von mir, ALLES.
+ was bekomme ich?

gießt euch selber, wenn ihr könnt

11//06//2019 – 11:35 kühl träumen

13//06//2019 – 16:14 je ärmer ich werde, desto mehr freue ich mich auf die zeit danach

14//06//2019 – 10:57 ich hatte mir das schön vorgestellt – auf der trottoirterrasse eines cafés einen eiskaffee bestellen + den ku'damm vorbeiziehen lassen. besuche den alten heimeligen westen doch zu selten.
aber natürlich sind da zwei mittfünfziger an den nachbartischen. die polotragenden herren erkennen sich ichweißnichtwie als geistesbrüder + wollen dem unfreiwilligen cafépublikum mal erzählen, wie es mit der welt – deutschland im herzen – bergab geht. ein rundumschlag: von der missratenen fridayforfuture-jugend, der „ferngesteuerten norwegergöre" über die gleichgeschaltete presse, den antifa-abschaum, die sich abschlachtenden afrikaner (kulturlose völker) bis zum rot-roten zwangskommunismus, verbrechen am besseren teil der menschheit quasi (als immobilienbesitzer zahlst du doch nur noch drauf. wenn keiner mehr das eigentum schützt, muss sich niemand wundern, wenn auch hier bald krieg blablabla). überhaupt, linke – erben der ddr-schergen, denen nach der wende nicht etwa der prozess gemacht wurde, sondern die sich bequem höchste posten erwählen durften. bis hierhin war es abenteuerlich, aber jetzt wird die luke zur mördergrube geöffnet. er, der dröhnendere der beiden, hätte ja nicht so viel geduld wie das gros der deutschen, „würde die linksdenker alle zusammen an die wand stellen. + dann abschießen, einen nach dem anderen. gründlich, so dass nichts mehr übrig bleibt von dem gesocks. + greta gleich mit." es passiert sehr selten, dass ich das wort an solche menschenverachter richte. zum einen möchte ich mit meinen kräften + möglichkeiten gut haushalten. kommunikativer

austausch erscheint mir sinnvoll, wenn eine erreichbarkeit zu vermuten ist, er als etwas verstanden wird, an dem die beteiligten für diesen moment bauen. man kann von unterschiedlichen punkten kommen, aber das als möglichkeit begreifen, sich etwas hinzuzufügen. vielleicht wird etwas gedreht, vielleicht verstärkt, vielleicht passiert auch gar nichts – aber wo keine porosität, keine offene stelle gegeben ist, lassen sich nur kämpfe fechten. + die gelegenheiten zu solchen soll man bekanntlich weise wählen.
zum anderen sind mir diese menschen überhaupt nicht nah; ich habe keinen onkel, keine freunde, kenne einfach keine einzige person, an der mir gelegen wäre, deren reflektionen in diesen dummschwätzern aufscheinen + mich zu ihrer stellvertretenden rettung animieren könnten. es geht hier nicht um argumente, ängste, falsche annahmen wasweißich, es wird schlicht aufs unanständigste ein recht aufs arschlochsein behauptet. was die eigenverortung anbelangt, gebe ich ihnen recht, da gibt es nichts zu bekehren.
naja. ich habe also überlegungen parat, um nicht in reaktion zu gehen. hab denen dann aber doch gesagt, dass sie mich + andere mit ihrem gerede belästigen, sie sich bitte einen tisch teilen mögen, um sich in cafétauglicher lautstärke über ihre tötungswünsche auszutauschen, statt uns alle darüber in kenntnis zu setzen. ich sei hier, um mich zu erholen, ua von menschen wie ihnen. schnappatmung bei den beiden herren, leider kein herzinfarkt.
dann solle ich meinen kaffee doch in der rigaer straße nehmen, da würde ich freunde finden, die gäben sich gern mit leuten wie mir ab.
„bin ich nun also auch auf ihrer säuberungsliste gelandet?“
„ihr seid die ersten.“
gut, dass wir darüber gesprochen haben

30//06//2019 – 23:07 viele sind zunehmend unglücklich hier oder haben angst, „ihr leben zu verpassen“. geht mir eigentlich nicht so.
facebook ist für mich der ewig lockende spielplatz, die anderen stehen schon mit den rädern im hof, wenn sie durchs küchenfenster deinen namen rufen. klar, manchmal raufen sich dort welche, ein anderer wird in den sand gestoßen – aber im großen + ganzen finden wir immer neue spiele + jagen mit warmen gesichtern in den abend.
es ist nicht etwas anderes verpassen, sondern jetzt etwas erleben. ich liebe das.
manchmal zu sehr, lass schon vieles liegen. + so wie ein spielplatz im winter vereist liegt, hat auch dieser ort hier seine zeit.
im moment soll man draußen sein.
oder eine neue arbeit finden.
oder was schreiben, was nicht gleich raus muss.
oder sich die haare neu machen.
rechnungen bezahlen.
nein, arbeiten, um rechnungen zu bezahlen.
vielleicht urlaub, wo wind weht?
schauen wir mal nach der sommerpause, was ich davon gemacht haben werde.
für ein paar tage gehen die rolläden runter.
lässt sich das auf dem schild gut lesen?
„messenger bleibt on. schönen sommer“

03//07//2019 – 14:19 unter der markise
ein muttermalbesprengter rücken
der den sommer gesehen hat
manchmal liebt man die anderen
oder teile von ihnen
da, ein marienkäfer
er tastet die punkte ab
wo keine zeichnungen sind
lässt sich nicht lesen
wann eigentlich wurden die käfer
vom glück zur plage
mit dem finger über der stelle
aller sans retour

05//07//2019 – 17:20 ausländer – der begriff ist heute etwas verpönt, aber ich mag ihn echt gern. wenn mich jmd fragt, ob ich deutsche sei, sage ich: gott nee, ich bin ausländerin. auf weitere nachfrage dann: afrikanerin. das auch gerne, weil es leute oft richtig stört („ach echt, afrika? sieht man gar nicht so bei dir. dachte brasilien / kuba / phillipinen"). doch es stimmt schon nur noch so halb, auch in äthiopien bleibe ich ausländerin.
ein freies, weites wort. ich will wohnen, wo die ausländer*innen sind, essen mit den ausländern, ausländisch lieben, denken + wichtig – trauern, das machen sie hier einfach nicht. ich träume davon, dass wenn ich einmal sterbe, alle zu ausländer*innen geworden sind, jede für sich.

in den menschen liegt ein ausland.
+ wer weiß, vielleicht grenzen wir mal aneinander

07//07//2019 - 18:28 einige probleme hat man sich aus der kindheit mit herüber genommen. eines davon ist der lineare ablauf von zeit - ich habe nie wirklich geschafft, ihn zu verinnerlichen.
mein inneres gefühl dazu war eher, dass es ein kontingent von zeitpunkten gibt, die als schwebende verdichtung vorhanden sind + sich erst vor dem bewusstsein entrollen, dessen beschränkte funktionsweise einen solchen trick notwendig macht.
dieses zeitknäuel stellte ich mir als zusammenfliegende, dann wieder auseinanderstiebende materie vor, deren fliehende mitte sich jedoch hält - eine art gas-wasser-gemisch, ein tanzender sprühnebel, der irgendwann in sich zusammenfällt oder verweht, um wieder der größeren strömung einzusinken, der er entstiegen war.
was hier jetzt so als bild geklammert ist, war natürlich ein vorbewusstes ahnen, vielleicht eine unruhe im blut oder ein paar gekappte synapsen, meinetwegen wie es die esoteriker tun. aber ich habe einfach nie verstanden, weshalb eine solch übergroße ordnung sich nicht ereignen sollte wie ein flug in alle richtungen oder zur mitte, sondern als fahrt auf einer öden, abfahrtslosen autobahn.
ernsthaft zeit, eine fucking autobahn?

11//07//2019 - 16:16 gestern haben wir das gelände des kinderheims st. vinzenz beschaut, fidél + ich. als schwester wendelina dort noch untergebracht war, hatten wir sie einige male besucht, doch das ist über sechs jahre her.
seither fallen hof + nebengebäude zunehmend der verwilderung anheim, während das in den nuller jahren modernisierte haupthaus seltsam verloren steht.
wie evakuiert während einer herannahenden, geordnet

organisierten katastrophe, von der man annahm, sie würde überstanden sein, bald. dann wurde es winter sommer winter usw.
irgendwann kamen neue bewohner + jmd schrieb ihre namen mit abwischbarem filzmarker auf die glastür hinterm eingangsportal.
okunawo
al-salih
ibrahimi
tadesse
vila
...
aber sie bleiben in ihren wohnungen. während der knappen stunde, die wir im alten vinzenz verbringen, begegnen wir nur einem kleinen jungen, der fidél nach seinem handymodell fragt. die beiden vertiefen sich so selbstverständlich in die funktionslayer des telefons, als kickten sie einen ball über den platz.
später legt sich fidél auf die tischtennisplatte, er ahnt seine migräne. ich kann noch nicht gehen.
alles ist verändert. doch ich kenne jeden stein, jede grasnarbe. im gebäude finde ich nur mühsam die erinnerungen zusammen, doch hier draußen ist sofort das rufen in den ohren. die geister der kinder steigen aus den strauchigen ecken - wir sitzen zu zehnt auf der wippe, stoßen uns von den rollern, bauen im sand eine zerstörungsgeweihte zivilisation, kochen ein mittagessen aus hagebutten, eicheln + ahornblättern, sammeln weinbergschnecken für ein wettrennen. wir waren so viele immer.
nur manchmal um die mittagszeit wurde es leer, dann versteckten sich die teenager im hügelhäuschen, um zu rauchen oder zu fummeln. man wollte was sehen, aber durfte auch nicht zu nahe kommen, sonst würde man vielleicht

eingebunden – müsste einem pimmel „guten tag“ sagen, gar das kleid heben. oder sich in den sand einbuddeln lassen + am ende würden sie einen der traktorreifen drauflegen, so dass es für die dauer der mittagpause kein entkommen gab, bis irgendwann eine erzieherin oder nonne vorbeikäme.
dort drüben im halbsouterrain, jetzt scheint dort eine art mensa untergebracht, war früher das schwimmbad. die nonnen gingen nicht gern mit den kindern hinein, aber meine gruppe hatte glück, unsere schwester war noch jung + liebte das schwimmen. einmal stand sie am rand + rief etwas, ihre stimme wellte im wasser. erst als ich den kopf hob, verstand ich – schnell! elisabeth schnell!
ich zappelte ängstlich, dachte jmd sei ertrunken oder da sei vielleicht ein hai, aber dann hatte nur günther, ein junge mit geistiger behinderung, ein freund auch, hineingekotzt. da ich noch sehr langsam schwamm, zogen die bröckchen an mir vorbei + der chlorige erbrochenengeruch wurde stärker. im anschluss musste das ganze becken ausgelassen + gesäubert werden. wir saßen in unseren schwimmkleidern auf der gekachelten fensterbank (günther in ein handtuch gewickelt so grün wie seine augen) + wohnten dem ereignis bei, als geschehe etwas bedeutsames, das uns alle anging. Fidél ruft nach mir, ihm wird es lang. nur noch ein photo von dem durchguck der kleinen mauer, hinter der jasmin + ich uns oft versteckten. für einen moment fanden wir hier ruhe, konnten dabei aber noch immer alles im blick behalten.
von hier aus beobachteten wir, wie der rothaarige metalteenager christoph von der tischtennisplatte aus auf einen jungen pinkelte, der von zwei anderen festgehalten wurde, die sicher auch etwas abbekamen, dabei aber vor böser freude quiekten. hier fanden wir oft besondere käfer.
+ hier versprachen wir uns, beste freundinnen zu bleiben, für immer. wenn auch andere noch so nett oder lustig schienen

– niemand würde jemals so gut auf uns aufpassen wie wir beide aufeinander. versprochen.

über mir öffnet sich eines der fenster + entlässt bratfettzischen + unruhigen radiosound in die abendluft. mama, wir müssen jetzt mal los. hier wohnen auch leute, weißt du?

13//07//2019 – 18:07 hier unter der uhr wird er mich erwarten.
im sommeranzug von milder farbe, das gesicht verborgen im schatten des geflochtenen huts.
möchtest du noch eine suppe, eine andere speise?
sie haben hier guten wein, auch.

er scheint keine antwort zu erwarten, beginnt stattdessen bald zu summen.
+ an den zeigern zu drehen, bis die lichter hell + schatten dunkel werden.
+ umgekehrt. dann nichts.

nur ein erstarrter schmetterling

13//07//2019 – 21:26 in der idyllischen kurstadt deuten sich zeichen anders –
untergang des abendlandes, wenn die weltberühmten thermalbäder ihren ruf als safe space europäischer eliten nur noch anhand eines scharf durchgesetzten nacktheitsgebots behaupten können, während vollverschleierte gattinnen saudischer ölindustrieller die zahlreichen luxusboutiquen allein mit ihren taschenkäufen am leben halten.
faschismus dagegen, ein schütteln der schneekugel – das legt sich bald.
hier, am fuße des schwarzwaldes, waren noch alle

willkommen, die die mörderseele unverhüllt haben baumeln lassen

15//07//2019 - 10:42 es sind schon menschen gestorben, die ich ins herz geschlossen hatte, aber noch keine, die ich liebte. in einem nebensatz hat mich die nachricht erreicht. dann wurde mein blick bemerkt, die worte schwangen in der luft.
zusammen, auseinander, dann raus in die dämmerung.
ich bin so traurig

die seelen leben fort, sagte sie, wenn wir in der kirche eine kerze anzündeten. ich glaub wohl nicht daran + sie hätte mich ermahnt dafür.
von allen sachen liebte sie die nicht so frommen am meisten: autofahren - „nicht schnell, schwungvoll", tanzen, wein, mich.
ich sah oft ihren goldzahn glänzen, großes lachen großes herz. jedenfalls groß genug, um ein verlassenes kind darin aufzunehmen.
ich hatte so ein glück mit dir

15//07//2019 - 16:42 es mag altmodisch sein -
aber ich träume immer noch von der zukunft

16//07//2019 - 10:39 die aufforstung der körper ist in zeiten des klimawandels wohl unausweichlich.
tattoos werden bald abgelöst vom körperbepflanzungstrend.
mich selbst sehe ich als orangenhain + bisweilen treibe ich kaktusblüten aus.
untenrum diverse wilde kräuter

16//07//2019 – 20:31 hab mich ausgeschlossen + hänge in einem australian third-wave-coffee-roastery-dingens, weil es hier wlan gibt. eigentlich recht schlicht hier, aber sie haben sich nun was neues einfallen lassen – ausdrucksstarke charakterportraits von afrikaner*innen an der wand, daneben kleine persönliche interviews.
es lässt sich was erfahren über ärmliche, zugleich reiche leben, haltgebende familienverhältnisse, armutsbedingt umweltschonende lebensweisen, hart arbeitende, starken frauen. darunter sitzen die üblichen tech- + kulturarbeiter*innen, sie wollen was besprechen oder hetzen einen text über die tastatur wegen deadline. alle außer mir sind weiß.
hasstriefender rassismus ist schlimm, kann er ausgelebt werden, die größte gefahr.
das hier arbeitet anders. es ist die permanente begleitinformation, dass schwarzes leben in einer weißen welt nur als kontrastmittel existiert. der schatten zum subjekt, niemals das subjekt selbst.
ich als schwarze verstehe durch solche konstellationen, dass ich kein recht, keine möglichkeit habe, mich außerhalb der zweidimensionalität der mir zugewiesenen rollen zu bewegen. ich könnte hier mit dem mcbook (das ich nicht besitze) + dem schwedischblonden boyfriend (nope) sitzen, etwas für meinen fordernden kreativenjob vorbereiten (nicht der fall), nichts davon rettete mich davor, an diese wand genagelt zu sein

17//07//2019 – 16:16 diese talkshows, bei denen leute zu einem beliebigen thema geladen sind. erzählen sie doch mal, wie kam denn das + dann wird es mit einem mal persönlich. die moderatorin scheint eine fährte zu wittern, etwas ungeduldig angelt sie eine zersplitterte familiengeschichte aus den gästlichen tiefen, ein verschollener bruder, eine unbekannte retterin, o weh. unversehens fährt die studiowand zurück + OMG niemand kann es fassen! sie stehen sich gegenüber, tränen, spitze schreie, tiefbewegtes publikum, alle liegen sich in den armen, der moderatorin fällt das mikro aus der hand, konfettiregen.

so wird es sein, wenn wir beide uns wiederfinden.
mein begehren + ich

18//07//2019 - 14:14 pseudopower schönheit - bewährter weg, um frauen alt aussehen zu lassen

19//07//2019 - 12:54 hallo männer.
es gibt den perfekten ort für manspreading.
er heißt toilette ✔

20//07//2019 - 14:48 ihr kennt das spiel, bei dem eine sich hinlegt + man verkehrt herum von oben aufs gesicht schaut, bis irgendwann die wahrnehmung dreht - der mund sitzt dann oben in der zu engen stirn, die augen kugeln in der breit auslaufenden unteren gesichtshälfte herum.
wenn dann noch haare präsent sind, sieht es aus wie ein bärtiger oktopus, dein gesicht

heute beim arbeiten, nachdem ich schon so viele bestellungen aufgenommen hatte, dass die gesichter leer wurden, lernte ich einen anderen entfremdungseffekt kennen.
mit einem mal ~verstand~ ich jeden kopf als hautüberzogene runde form, durch die gewebe + organe nach außen

drängen – angefangen beim haarteppich, von der kraft der follikel durch die kopfhaut getrieben, dann die augen durch die beiden lidgesäumten schnitte, die zunge + der ganze mundapparat durch die klaffende höhle.
+ lippen, lippen sind nur freiliegende umstülpungen der schleimhäute, narbenähnlich.
wir sind ein durchbruch, eine offene wunde, ein fleischiges schleusensystem.

jedenfalls bekommt mein blick das nicht mehr umgeformt. die bestellungen fliegen durcheinander, die leute verziehen ungnädig die münder + sehen noch etwas grotesker aus. aber moment, ganz kurz noch – also wenn man wen küsst, berührt man dabei auch ihr inneres? echt?

ach stimmt, das ist ja eh so.
deshalb mögen wir es.

jetzt erkenne ich euch auch wieder

21//07//2019 – 23:09 wir haben der natur doch vieles beigebracht. weshalb nicht auch, von sich selbst zu lernen?

da gibt es das wirklich perfekte prinzip der zellteilung. unser tapferer blauer planet bekommt das doch wohl auch hin. die menschenfeinde allenthalben erhalten eine gemeinsame tochtererde, auf der sie ihre ersehnten kriegsspektakel in full effect durchziehen können – wir schauen von den stränden der neuen ozeane ihrem vernichtungsfeuerwerk zu.

sicher nicht nur schön. man trauert auch um den zwilling, der es trotz aller möglichkeiten nicht geschafft hat. auch ein paar verwandte + einstige gefährtinnen wird es dorthin verschlagen haben.

aber puh diese ersten jahre der erleichterung.
ein einziges apfeltal.

ich ersehne die erdmitose.
auch wenn sich wieder wer nicht an die regeln halten + in den scheißapfel beißen wird.
aber lieber ein verlorenes paradies als die hölle auf erden

22//07//2019 - 13:00 jetzt da ich sicher bin, mich nicht mehr ganz groß zu verlieben, könnte ich mich aufs geld jagen konzentrieren.
oder kunst?
oder doch noch rasch ein kind?

ganz ehrlich - ich nehme, was auch immer mich vor dem midlifesparangebot „weltretten" bewahrt

23//07//2019 - 17:39 Ah, das dussmann ist so wunderbar klimatisiert.
hier werd ich den sommer, ach was, den ganzen klimawandel verbringen

23//07//2019 - 20:35 am liebsten würde ich hier einziehen.

nachts werden die regale so gedreht, dass ihre rückwände mit den schlafkojen zum vorschein kommen; meine befindet sich dort drüben, direkt hinter den globen + sternbildern. durchreisende besucher nächtigen nebenan bei den reiseführern, man hört es manchmal von dort schnarchen. kann ich dann keinen schlaf finden, schlappe ich im pyjama durch das haus - eigens für die somnambulen haben sie

schummerige wohnzimmerleuchten auf rollen gestellt. lautlos gleiten sie an meiner hand über den hochflorigen teppich + führen in die nächtlichen abteilungen – zum jazz oder zur esoterik.
schau mal, da unten im ersten stock hängt noch wer am lichttropf. aber wir lassen uns in ruhe hier. ein wunderbares zuhause.
morgens verlassen wir die betten, werden so nach + nach durchscheinend, wegen der besucher. sie durchfließen uns, wir widerstehen der strömung. keine ahnung, aber das ist, was wir hier tun.

wirklich gerne.

24//07//2019 – 20:06 hitze. nun müssen die pärchen doch mal auseinanderkleben

24//07//2019 – 20:19 beim besuch „zuhause“ habe ich auch die kleine straße oben in den weinreben aufgesucht, in der wir für einige jahre lebten, nach der zeit im kinderheim.
ein beschwerlicher wohnort für meine momma – mit der wütenden tuberkulose in der lunge machte ihr der steile aufstieg zu schaffen + die ungewohnte winterliche glätte ... sie zog sich in den ersten jahren mehrmals armbrüche zu.
für mich war es ein paradies.
nie wieder habe ich mich geborgen gefühlt wie in dieser zeit. die kleinbürgerliche nachbarschaft war uns halbwegs wohlgesinnt, das mir vertraute kinderheim in laufnähe + auf dem schulweg durchs dorf gab es einige gartenzäune, an denen ich stehen blieb, auf ein schwätzchen oder ein bonbon. in einem der ausladenderen häuser, schon etwas weiter unten

im dorf, wohnte ein stilles mädchen aus meiner klasse, mit dem ich gut spielen konnte. allerdings war sie in der schule mit einer wirklich argen feindin befreundet. von ihr ließ sie sich manchmal anstiften, mir beim morgendlichen rundenlauf „dumme negerin“ zuzuflüstern + dabei von hinten in die beine zu treten. diese doppelallianz belastete unser verhältnis, verunmöglichte es aber nicht.
zurück zur straße. wir wohnten in einem der letzten häuser vor der biegung in die reben. herr müller, unser vermieter, hängte mir eine schaukel vor die garage, sie sollte zum natürlichen treffpunkt der fuchsbergkinder werden.
bei wintereinbruch befestigte er sie im dachboden vor einem großen fenster. meine vorstellung war, dass ich eines tages dem mond so nahe kommen könnte, dass er mit einem sprung zu erreichen wäre.
einer anderen nachbarin warf ich einen sommer lang gemalte erpresserbriefe in den briefkasten, mein bruder stand wache, während ich über die straße huschte. am weihnachtsabend jenen jahres klingelte sie + bedankte sich umfangreich für die gemälde, die nun ihren hausflur zierten. ich wand mich vor scham, schielte dabei aber überglücklich auf das aufwendig verpackte geschenk in ihren händen. es war gut gewählt, meine schwäche für random trivia habe ich sicher diesem „spiel des wissens“ zu verdanken.
vieles sah ich dort im fuchsberg zum ersten mal
– glühwürmchen, den schneebadenden herrn müller,
vergehende zeit in ihren saisonfarben

das haus steht nicht mehr, ansonsten liegt die straße fast unverändert. nichts verrät ein „interessantes“ leben, daran hat hier niemand gebaut.
als wir oben um die ecke biegen – bin ich berührt an einer unbekannten stelle, überwältigt kurz. wusste bisher nichts

davon, auf welche weise man sich mit einer ersten landschaft verbindet.
in der aufkommenden dämmerung spazieren wir über die felder. erst hinter dem wald liegt die stadt, wir werden sie bei dunkelheit erreichen.

alles ist vergangen + der mond da oben, bei mir

26//07//2019 – 13:26 mmh
härchenaufstellende sommerbrise durchs kleid.
wetterzärtlichkeit

26//07//2019 – 18:42 uuagh
spätnachmittag vorm stamm-espressoladen.
neben mir sitzt ein junges paar.
sie möchte mit ihm sprechen, weil sie sich kürzlich in einer arbeitssituation von ihm vorgeführt gefühlt hat. sie sagt das ruhig, doch unüberhörbar die enttäuschung in ihrer stimme. er hätte da mit seinem alles andere als wohlwollenden frotzeln eine grenze überschritten.

er bläst die backen auf, unterbricht sie mehrmals, sagt dann – okay, wenn du das so empfunden hast, tut mir das unendlich leid
ABER
niemand hat das so gesehen
alle fanden es lustig
wollte dich unterstützen
gute stimmung machen
das haben alle verstanden
sie hätten ihn gelobt für seinen aufopferungsvollen einsatz
überhaupt hätte er seine eigene arbeit vernachlässigt

um alles für sie zu tun
wie er es noch nie für jmd anderen getan hat
keine frau hätte er jemals so auf händen getragen
dafür bekommt er nun so was zu hören
er sagt, ok baby praktischer vorschlag –
er nimmt seine kamera zurück
das investierte geld
holt seinen kamerakumpel aus dem projekt raus
um die beziehung zu entlasten
sie müsse ohnehin lernen, auf eigenen beinen zu stehen
er könne nicht mehr
fühle sich nicht wertgeschätzt
sage jetzt erstmal den gemeinsamen
wohnungsbesichtigungstermin ab
(sie fragt hier schockiert, ob er das ernst meine)
er müsse nun eben auch mal
grundsätzlich nachdenken
dann schweigen

oh bitte bitte bitte jag ihm den eiskaffee ins gesicht
...
sie: okay vielleicht hab ich überreagiert.
er: eindeutig.
sie: trotzdem möchte ich auch von dir gehört werden.
er: ich hör dich doch baby.
aber mich selbst darf ich dabei auch nicht vergessen.

28//07//2019 - 23:25 weisheit
träumtest du dich vergeblich leicht wie ein minzbestreutes aprikosensorbet, dann weine nicht über den hering im pelzmantel, der du geworden bist - gewiss, zuviel von allem. aber so schmeckt es manchen

30//07//2019 - 15:22 black music, ein weißes genre

31//07//2019 - 19:52 regenprasseln auf oberlichtern gibt endlose gänsehaut

01//08//2019 - 09:30 das blitzezucken dagegen macht eher schiss, geht dann immer kurz ein raunen durch die bib. so horny plötzlich hier

02//08//2019 - 23:52 manchmal könnte man die ganze welt umdarmen

03//08//2019 - 02:51 die würfel sind gefallen.
schlucke gleich all das ungenommene ritalin auf einmal
schreibe bis morgen mittag
BÄM!
den feministischen flüchtlingszauberberg, auf den männerdeutschland wartet
bezahle vom vorschuss alle schulden (auch die verjährten bei mcfit)
von der anderen hälfte kaufe ich italien als feriendomizil

04//08//2019 - 23:04 mein privileg ist, anstrengungslos kein alter weißer idiot zu werden

09//08//2019 - 15:38 jetzt spät nochmal ein kind bekommen? ja warum denn eigentlich nicht?
gesagt getan, es heißt edit.

liebes edit. geh hinaus + sei groß, wo ich klein war, sieh weit, wo ich begrenzt blieb + sprich, wo ich plapperte.

EDIT: mama, sei bitte einfach deine eigene änderung, ja?

12//08//2019 - 19:17 im letzten jahrhundert haben wir große männer gelesen, konzerte erlebt, einen lehrer aufs pult steigen sehen + waren wie angezündet.
seitenspiegel runtergehauen, drei vier fünf häuser besetzt, so einige bastillen gestürmt.
in diesem schreiben wir was intensives ins internet + dämmern dann zu simulationsflugvideos durchs all weg.
ich möchte nicht zurück

15//08//2019 - 21:03 ordnungshüter, aber bitte als fürsorgliche putzkraft

15//08//2019 - 22:31 liebeserklärung, aber als how-to in einfacher sprache

15//08//2019 – 23:50 ich arbeite gern mit + für menschen, deshalb auch kellnern. hätte aber ebenso gut pfarrerin, flugbegleiterin oder auch richterin werden können.
als solche würde ich recht entschlossen in die verhandlungen gehen. rasch das gewusste sammeln + un.be.dingt auf wahrheit insistieren. dann geschickt das verborgene ermitteln, dabei auch stets die biographischen drehpunkte erfragen: scheidung, missbrauch, fehlende elternliebe. irgendwann kinderfotos vorlegen lassen, nicht nur die verpassten chancen, sondern auch das versagen des umfelds mitbedenken, welche gesellschaft bringt überhaupt diesen menschen hervor, müssen wir nicht die ganz großen fragen stellen?
abends zusammenbruch in der wanne, tränen trüben das badewasser, aus dem zertrümmerten spiegel starrt das zersplitterte ich.
am nächsten tag sensationelles hardlinerurteil, bei der anschließenden pressekonferenz subtil die todesstrafe als bedenkenswertes strafmaß ins spiel gebracht, dann zack sabbatical, insta-weisheiten vom himalaya, weltbestseller über das göttliche prinzip im weltlichen recht.
nach ein paar wochen verschnaufpause arbeit wieder aufnehmen + ganz allürenfrei + auf dem teppich geblieben kaffee servieren.
dem menschen dienen, das sei mein streben

17//08//2019 – 19:39 was macht ihr so beim zähneputzen?
ich gehe in mein zimmer, setze mich aufs bett, zähle sekunden + dann zurück ins bad. oder laufe auf + ab + probe gesprächsverläufe.
nur diesen film im spiegel zum hunderttausendsten mal, das geht einfach nicht

19//08//2019 - 00:33 der scatman, aber als energischer redakteur - ich will text sehen ski ba bop ba dop bop

19//08//2019 - 14:17 was neues aus berlin - die bvg steigt ins dating business ein. die app nennt sich ersatzverkehr, wertet bewegungsverhalten + olfaktorische kompatibilitätskriterien aus + steuert die fahrgäst*innen unmerklich immer wieder aneinander vorbei, so dass es zu einem scheinbar natürlichen „verlieben" kommt. gewiss, ein aufwendiges verfahren, das sich die bvg da leistet, aber man kann ja mal was probieren. geschulte statisten nehmen ihre sitzplätze so ein, dass die zielpersonen in die freiwerdenden lücken gedrängt werden (schwangere frau steht auf. „ich glaube die wehen setzen ein, halten sie mir BITTE diesen platz frei, ich muss prüfen, ob der muttermund geweitet ist" „selbstverständlich, madame") + sich eines tages tatsächlich gegenüber sitzen.
da sie bereits verliebt sind, nehmen sie augenkontakt auf. das ist der moment, in dem die überwachungskameras auf die gesichter zoomen, er wird im gesamten ABCwabenbereich auf bildschirme + anzeigetafeln übertragen. die stadt hält den atem an, doch die liebenden bekommen nichts von alldem mit. ängstlich + aufgeregt, wer kennt es nicht.
es wird nun ganz still um sie herum.
der waggon verdunkelt sich, aber auf ihren gesichtern spielen sonnenstrahlen.
sie fragen nicht, wie, sie fragen nicht, warum.
da ist nur gewissheit.

für den preis von 761,00eur für eine premium-jahreskarte darf man ruhig mehr erwarten als was passendes. sie fahren erstmal weiter. zurückbleiben bitte.

9//08//2019 – 21:37 reißen alle stricke, mach ich ein studio auf + belebe das handwerk des teeren + federns neu, der bedarf ist nunmal da

A S E V A

~ pech + mehr ~

20//08//2019 – 18:02 noch in beziehung oder schon in bedrückung?

22//08//2019 – 12:51 ich beantrage:
ein jahr als vogelscheuche auf dem weiten acker.

man wird nicht älter, auch nicht klüger oder dümmer, man hat nur frei vom zeitvergehen.
wird kaum geliebt (gut, kinder freuen sich manchmal von den rückbänken vorbeiziehender passats) + muss es selbst nicht tun.
gelegentlich zerrt wind an mantel, stock + hut, sonst regt sich kein verlangen.
wobei – nochmal den klatschmohn blühen sehen + frieden mit den krähen

doch dann hängt längst wer anders
in den alten hüllen
+ darf die wolken
ziehen sehen
schön

24//08//2019 – 22:08 rechtes denken scheint im kern suizidal.
man verweigert + bekämpft vehement jede entwicklung, trumphiert beim anblick brennender regenwälder, frohlockt beim massenhaften sterben von artgenossinnen.
lange dachte ich, sie wollen den untergang der anderen so sehr, dass der eigene in kauf genommen wird.
mittlerweile glaube ich, der satz lässt sich umdrehen + stimmt immer noch

25//08//2019 – 13:45 spreche ich italienisch, bin ich eine gelöstere + dabei kultiviertere person (vielleicht sogar attraktiver, wer weiß). mache ich von meinen französischtrümmern gebrauch, bin ich schlicht noch so ein depp mit dem hässlichsten akzent der welt, naja.

meine 3 wörter russisch aber schießen mich direkt ins all – in richtung einer milchbar, in der die freundinnen der zukunft meine ankunft erwarten

26//08//2019 – 12:00 ach der mond.
weit fern hell verschattet. hätten wir augen, ihn ganz zu sehen, bliebe uns weniger undeutlich, vielleicht könnte ich dich erkennen.
so bereite ich das abendrot, esse ein letztes licht + treibe zurück mit verkehrter geschwindigkeit. wo alles beisammen war + nahrung reichlich, leuchten am ufer die steine deines verschwindens.
schlaf frieden tod, hätten wir augen, wären wir mond

26//08//2019 - 12:39 mal wieder hat die linke es verpasst, die leute da abzuholen, wo sie stehen. solange hitlergrüße auf einer demo gegen rechts unerwünscht sind, wird ein großer teil der sächsischen bevölkerung gar nicht erst erreicht

27//08//2019 - 14:23 realistisches selbstbild ... wer besitzt sowas?

sehe dann immer eine zappelige achtjährige + eine priesterlich strenge greisin auf einer jolle ums steuer streiten.
beide sind eigentlich zu schwach für irgendwas, weshalb sie mit bleischweren predigten oder dummem geplapper den verstand der anderen jagen.

aber irgendwann finden sie eine gute stelle, zwischen ufer mondschein + fluss.
sie treiben ins schilf, ringsum quaken + zirpen, schau wasserblasen.
hier ist die zeit zuhause + manchmal darf ich sie besuchen

29//08//2019 - 15:44 die erstaunliche rude boy/skinhead-geschichte war der grund, weshalb ich mir mit 14 die haare schor + fortan als renée durchs kaff stolzierte (ein winziger nebengrund war ein griechenlandurlaub, in dem ich so oft am strand erwacht war, dass meine haare unrettbar verfilzten).
eine entscheidung, die anfang der neunziger nicht leicht zu vermitteln war - zunächst einmal meiner momma nicht.
konnte von da an aber wunderbar auf die punkerkids herabschauen + hatte endlich ruhe vor der anmache erwachsener männer. va suhlte ich mich im einsamen überlegenheitsgefühl, eine antirassistische historie weiterzuführen, die so radikal war, dass niemand sie verstand.
real nervten mich diese leute natürlich alle mit ihrem

traditionsfimmel, aber wie so oft zog ich die idee dem leben vor

31//08//2019 - 18:58 als satzeichenidentität stünde mir wohl das semikolon; nett, uneindeutig, zunehmend nutzlos

01//09//2019 - 11:33 badestelle krumme lanke.
mädchen klettert auf einen baum, schimpft auf die glatze ihres vaters hinunter:
du SACKANAS!

ihr bruder: sie meint nasser sack

sie: SACKANAS ihr alle

04//09//2019 - 20:25 wenn ich wütend bin, möchte ich die brodelnde energie nehmen, lichter anzünden, was großes reißen –
im fitnessstudio die nacht durchhecheln, den angeber-suv auf der sonnenallee rumwirbeln, die nazizelle mit nur einer faust zerschlagen.
ein szenario im anderen + bilderkarussell,
ich fliege über der stadt,
reite auf heißem gas,
aus meinen blättern reißen flügel

nur 1 traum
wenn ich erwache, liegt die wiese plattgetreten, der rummel: weitergezogen, sommer auch.
ich will das gras hochpäppeln, den halm aufrichten.
auch das ist fitness,
für ausgekühlte

05//09//2019 - 13:49 all - wer lässt sich eine derart niedliche bezeichnung für das universum einfallen, bitte?

06//09//2019 - 12:15 halbzwei affäre - die nacht will mich, ich den schlaf, der tummelt sich in anderen betten

08//09//2019 - 01:47 alle reden vom osten, einige sind von dort, manche waren mal da.
mein bruder zb. 1993 wurde er per zvs-dekret nach greifswald zum studium entsandt. bitten + flehen half nichts - nur weil da gerade ausländer abgefackelt werden, können wir nicht das gesamte SYSTEM umstellen, schließlich immer noch deutschland, hier bekommt niemand eine extrawurst. na gut.
brav reihte sich mein bruder jeden zweiten tag in die ewige schlange vor der telefonzelle ein, um seiner schwester + seiner mutter zu versichern „hallo, hab's wieder überlebt, bin immer noch da“. recht schnell wurde er teil einer clique von ausländer-medstudis - ein schweiz-iraner, ein weiterer äthiopier + ein fliegerjackentragender grieche namens dimitrios kanackis.
an den ostseestränden träumten sie vom gewinn der greencardlotterie, einem discobesuch ohne stress + der gutlaufenden gemeinschaftspraxis. gemeinsam flohen sie vor faschos, letschogemüse + dem nächsten staatsexamen.

heute arbeiten alle als ärzte.
2 von 4 sollten eine psychotische episode erleben.
1 gewann tatsächlich bei der green card lottery.
3 sind nach jetzigem stand eltern von mehr als 1 kind.
dimi trägt immer noch den besten nachnamen der welt.
geblieben ist keiner

09//09//2019 - 16:23 paare, die sich nie hätten kennenlernen dürfen –
hiphop + deutsche sprache?

11//09//2019 - 09:56 in the future everybody will be a fascist leader for fifteen min

12//09//2019 - 14:23 schon wieder von dir geträumt. beim nächsten mal ist traummiete fällig

14//09//2019 - 19:08 der erste italienische boden, den ich betrat, war der bahnhofsvorplatz von venedig.
als mädchen hatte ich ein kinderbuch besessen, ein versunkenes venezia von einem tschechischen zeichner aufs papier gebracht, in dem kinder von quallen zur schule gezogen wurden + musiker auf dem markusplatz muschelharfen spielten.
mein venedigbild war also bereits ein romantisches, aber mit dem gebauten + geschäftigen disneymärchen, das ich vor mir sah, hatte ich nicht gerechnet. was?!
ich sollte noch einige male wiederkehren, mich verlieben, verloben, versöhnen, trennen, das alles an jeweils anderen gesichtern durchspielen.
dann erhielt ich gelegenheit, zwei monate auf der stadtinsel zu verbringen, bekam eigens eine monatskarte mit lichtbild ausgestellt, die mich zur freien benutzung aller fähren berechtigte. von da an fuhr ich fast täglich mit dem kind über das milchige lagunenwasser zu den inseln.
mindestens zum lido, maximal nach jesolo. einmal zur toteninsel, aber es war so still dort, dass wir schläfrig

wurden. dann ein kleiner park auf burano, ich hatte cremigen käse + tomaten dabei, der nachmittag färbte das licht schwer + satt. auf der meeresoffenen uferseite fand ein wettrennen statt, möglichst steil schnitten die boote durchs wasser.
abends sind wir manchmal rüber zur giudecca, es gab da einen pizzabäcker mit freundlichen kindern, sie spielten fangen auf den warmen steinen der uferpromenade + über dem verkaufstresen prangten die bekannten gesichter der kommunistischen internationale.
nur einmal nahmen wir spät an einem schwülen abend die tausend treppen zu san marco. als wir endlich ankamen, setzte das gewitter ein. innerhalb von sekunden trieb das wasser über den platz, wir flüchteten uns unter die markise eines der cafés. nach kurzer pause spielte die orchesterkapelle weiter + ich bekam einen whisky in die hand gedrückt.
ausgerechnet.
aber ich spüre das aufgerauhte leder meiner durchweichten sandalen, rieche es sogar. das kind hängt eingeschlafen über meinem arm, sein haar berührt warm meinen nacken. es schnauft leise, während der regen immer drängender in das spiel des orchesters hineinprasselt. hinter mir stehen andere, die sich untergestellt haben, aber vor mir liegt nur der leergefegte regenschäumende platz.
die lichter glänzen.
ich weiß nicht, weshalb es mir jetzt schwer auf der brust sitzt. gewicht von glück, von tränen, regen. ich nehme einen schluck von dem whisky, bis das brennen mir in die wirbelsäule fährt.
wenn das leben eine mitte hätte, würde ich sie dort markieren.
j'adore venise

14//09//2019 - 20:14 was viele nicht wissen - es gibt ein verliebenskonto.
gut haushalten, kinder!
denn unerbittlich
die inkassounternehmen der gefühle

16//09//2019 - 10:51 stell dir vor, es ist rollentausch + die medien brechen interviews mit nazis ab

16//09//2019 - 21:19 toxische almanlichkeit, soll ich buch zu schreibn ja?

18//09//2019 - 09:29 stimmt, ich rede manchmal schlecht vom herbst.
dann schielen die leute sich so an - egal, ich lass sie.
weh tut es nicht mehr.
er ist jetzt halt mit dem scheißkerl winter zusammen, schon lang + wenn ich die beiden einmal im jahr zusammen sehe, wie sie demonstrativ ineinander vergehen, dann denk ich, das ist nicht nett, das müsst nicht sein, höflich ist was anderes.
aber hey.

es ist mehr, wenn ich ihn treff.
mit seinen großen farben + den kinderaugensehnsüchten.
un po' troppo.
wir wären so schön zusammen.

i'm in the corner, watching you kiss him
oohohoh
i'm right over here, why can't you see me
oohohoh
i'm giving it my all, but i'm not the girl you're taking home
ooooooo
i keep dancing on my own
i keep dancing on
my own

20//09//2019 - 09:42 herbst + frühling sind fakejahreszeiten. es gibt nichts als sommer, winter + gemischte gefühle

20//09//2019 - 15:20 während ich seit einer stunde die instas pariser chefs durchscrolle (es ist wirklich atem be rau bend; möchte ein reicher alter sack sein + mich da durchschlemmen), drängen sich mir auch esserlebnisse der anderen art auf.
noch auf dem teller kämpfen licht + schatten um vorherrschaft

hier meine top3

1. francesinha, porto
das widerlichste gericht der welt

2. kuttelsuppe, palermo
damals konnte ich das italienische noch nicht so erahnen wie heute, habe also irgendwas bestellt. in italien nicht generell ein risiko, hier hatte ich lediglich pech. die innereienliebe ist ein kopfnicken regionaler küchen in richtung ihrer bäuerlichen + teils bettelarmen ursprünge. auch da eher nicht auf seiten

der tradition; die erinnerung an den geruch überdeckt noch jene an den geschmack, man wünscht das gerademal den ärgsten feinden.
+ ihren kindern hehe

3. dondurma, split
aus ziegenmilch + dämonischem orchideensaft hergestelltes speiseeis. eigentlich aus der türkei, aber ebenso in griechenland + einigen ländern des balkans verbreitet.
nee, wirklich nicht. innerhalb von sekunden nachspülen, sonst liegt ein ganzer urlaub versaut.
satanisteneis, wenn ihr mich fragt

20//09//2019 – 18:50 what's a racist thing you've done in the past + will avoid now „at any cost"?

22//09//2019 – 14:57 in der liebe lauert ein verließ –
die möglichkeit des verlustes, des verlassens.

zwei menschen fangen einen hut + stoßen aneinander
erkennen + reden reden reden. über sich von sich
der wind treibt sie wie lustiges laub –
morgens erzählen sie sich traumfragmente, umständlich.
irgendwann lösen sie die fallschirme,
keuchen die ängste in ein tuch, werfen ihr schlimmstes
dümmstes auf die entgegenrasende erdoberfläche.
farbe von mais + bleigegossene flüsse.
zaghaft erste bisse. weinbefleckt erinnern sie ihre
kindheit kindheit kannsnichtmehrhörenkindheit
schließlich setzen sie sich schillernde falter an die ohren
+ treiben blüten aus beim küssen.
...

ja komm mach die tür zu leg die hand dort zieh die decke.

...

in dieser farbe dieser zeit,
landen.

landen aber in den boden tauchen
weiterküssen bis auf den grund
hand nicht
find nicht
maul aufsperren
plankton durchziehen
+
alles

am ende verlässt 1 die andere, um sie als die zu behalten, die niemals verlässt. die zurückgelassene schluckt den schlüssel. ende gut. alle tot

26//09//2019 - 19:27 es gibt diesen typus des gutverdieners, der die große bühne meidet, sich etwas am rand hält, kaum schlagzeilen macht, irgendwie herzlich + sympathisch rüberkommt + dessen stramm rechte weltanschauung WEGEN ALL DES GUTEN einfach ungläubig beiseite gewedelt wird

als bundesland - baden-württemberg
als nationalstaat - dänemark
als kontinent - australien

28//09//2019 – 18:53 erstaunliche kurzschlusserkenntnis bei mediamarkt. techniktypen bezeichnen jenes kabelende mit öffnung als weiblich + das mit stecker als männlich.

mir dämmert es langsam.
sex technik gesellschaft – für viele nichts als reinrausspiele

29//09//2019 – 22:19 tränen sind das trojanische pferd zu meinem grabengesicherten herzen

03//10//2019 – 09:49 königinnendisziplin unter den versagerinnen –
am scheitern zu scheitern

03//10//2019 – 22:08 empfiehl doch bitte endlich einer den heimatfreund*innen, die ihr geeintes scheißloch um jeden preis weiß halten wollen, ein spendenkonto einzurichten. der zweck heiligt rechten noch alle schrägen mittel + wem es ernst ist mit der freude über jedes n-wort weniger, den sollten satte ausreiseprämien kaum schmerzen.

zumindest auf mich dürften sie bei entsprechendem gebot setzen.
ihr spendensammelnder hass + mein auswanderungstraum = winwin

08//10//2019 – 14:30 99problems
100interessen
1000innere kinder mit adhs

*r.i.p. tinderbio

11//10//2019 – 01:52 nach dem besuch der „joker"-vorführung sitzen wir in voller ubahn. ob meiner lebensratschläge verdreht mein sohn die augen + setzt die kopfhörer auf.
mein herz liegt überrollt im finstern des ubahnschachts, aber die gesellschaft will, dass ich trotzdem lächle

14//10//2019 – 00:56 was treibt eigentlich diese leute an, die rassismus verdammen, antisemitismus dagegen nicht ganz so arg (oder gar nützlich) finden + vice versa?

menschenfeindlichkeit scheint nicht das problem zu sein

14//10//2019 – 22:36 nicht aufhalten lassen von schulterklopfern, die dir halbwissen vorwerfen.
ein trilliardstel, das ungefähr misst der wissensstand des tümpels, den genies durchschnorcheln

17//10//2019 – 13:41 viertes ampellicht für „du musst gar nichts"

18//10//2019 – 12:22 es heißt immer, man könne nicht an zwei orten gleichzeitig sein.
das mag stimmen. wohl aber lassen sich zwei dienstleistungen zur selben zeit in anspruch nehmen – psychotherapie beim

haareschneiden etwa oder massage im beichtstuhl, saunen während der gerichtsverhandlung. das b2b-prinzip sparte nicht nur zeit, sondern morphte auch die szenen zu neuen realitätslayern.
aber ach. der markt, träger als ein tier in der sonne

21//10//2019 - 14:05 das haus steht zum abriss bereit auf dem ehemaligen kinderheimgelände. hier soll nun ein wohnareal mit eigentumswohnungen + parkanlagen entstehen, attraktiv für junge familien. irgendwann werden dort sicher wieder kinder in den büschen spielen. in der heutigen stille mischen sich die alten rufe mit den neuen.

bei günstiger strömung bekomme ich kurz zu fassen, was sonst am grund liegt. darum geht es.
1995 ungefähr hatte ich bei meiner momma noch einen schlafplatz, aber nicht mehr. ich trieb mich rum, soweit es ging. an diesem abend, ich weiß, es war ein montag, machte die nachricht einer männerstripveranstaltung die runde, freier eintritt für weibliche gäste. langeweile, leere taschen, natürlich gingen wir hin.
von meinen freundinnen war keine älter als siebzehn, ich noch etwas jünger, aber wir waren noch nie irgendwo nicht hineingekommen. die stufen hinunter zur kellerbar des kurhauses nahmen wir, als beträten wir eine bar in manhattan, + nicht diesen erbärmlichen schmierschuppen. im innern sitzen um das treppenrund der tanzfläche schon einige frauen (es ist die einzige women-only veranstaltung, die ich in dieser stadt jemals erlebt haben werde), nur die unterste stufe ist noch weitgehend frei. wir sind riot-girl, punk, skinhead, hiphop, natürlich setzen wir uns in die erste reihe, wir sind ja nur ironisch hier. ich habe ein ungutes gefühl, aber kaum platz dafür.

als die stripper die tanzfläche betreten, ist es zu spät. sie tragen „indianer"-kostüme, einige wenige schwarze männer sind auch dabei, der dunkelste von ihnen muss den häuptling geben. es folgen dumme choreographien, die männer zucken mit den muskeln, deuten stoßbewegungen an, stehen bald im slip da. es ist alles falsch, viel zu nah, ich sollte nicht hier sein (aber wo sonst, an diesem abend?).
immer wieder werden einzelne im publikum angetanzt. unsere ecke ist beliebt, wahrscheinlich kommen wir frech rüber.
als dann der mann im häuptlingskostüm seine solonummer hat, weiß ich es, noch bevor er auf mich zugeht – dass er mich auswählt, hat mit einer rassistischen logik zu tun, die ich kenne, ohne sie zu verstehen.
zunächst versuche ich abwehr zu signalisieren, aber er lässt nicht ab. in meiner erinnerung gibt es eine art trommelwirbel, anfeuernde whoohoo-rufe ganz sicher. irgendwie glaube ich, ihn nicht so stehenlassen zu können + stehe auf. in den applaus hinein raunt er mir „no worries, trust me" zu.
er bedeutet mir mich auf der mitte der tanzfläche auf den boden zu legen + beginnt erst um mich herum, dann über mich hinweg zu tanzen. er trägt nun nur noch einen tanga der gerade seinen penis verdeckt. immer wieder kommt er mir damit nahe. ich schließe für einen moment die augen, höre den applaus ab + anschwellen. als ich die augen öffne, beugt er sich in liegestützenhaltung über mich. ich flüstere „please stop", er beendet lächelnd die nummer. ich bin so erleichtert, dass es vorbei ist.
applaus + wieder sagt er leise „wait, one last thing. just relax + trust me". währenddessen fasst er mir bereits von hinten mit der einen hand zwischen die beine, mit der anderen ans schulterblatt + hebt mich hoch. der häuptling präsentiert triumphierend seine beute, der stripper macht nur seinen job.

ich schäme mich so wegen meiner tränen. später werden mich meine freundinnen bemitleiden, sich aber auch erleichtert zeigen, dass es nicht sie getroffen hat. beim abwehren geholfen hatten sie nicht – wir waren noch nicht so weit.
ich werde ihnen erzählen, der schwarze stripper hätte versucht es mir so angenehm wie möglich zu machen. von dem gefühl, einen riss in mir zu tragen, ernsthaft verletzt zu sein, werde ich nichts sagen. nur, dass es das erste mal gewesen sei, dass mich jemand „dort" angefasst hätte. alle nicken verständnisvoll.

aber das stimmte nicht.
zehn jahre zuvor hatte mich „dort" schon einmal jemand berührt. ich war noch nicht eingeschult, verbrachte meine zeit auf dem spielplatz vor allem im sandkasten + am drehkarussell. es war schön, dass uns kleinen eines der älteren heimkinder (fünfzehn, sechzehn?) beim anschieben der drehscheibe half.
in meiner erinnerung ganz vorne – die zunehmende schnelligkeit, mein aufgewehtes haar + das gefühl, mich nicht mehr festhalten zu können, gleich hinausgeschleudert zu werden.
wonach ich graben muss – die hand unter meinem rock + meine angst, sie könnte von den anderen kindern bemerkt werden.

das war das erste mal, es blieb nicht dabei. zwei drei weitere vorfälle sowie eine eindringliche ermahnung im treppenhaus, niemandem davon zu erzählen, folgten. ich war ein braves kind + habe alles geschehene in mir versenkt.
dass ich dieser erinnerung lange zeit kaum beachtung geschenkt habe, lag einerseits an kindlicher zukunftsgerichtetheit, andererseits an anderen,

vordergründigeren formen von gewalt, denen ich über jahre nicht ausweichen konnte.
aber da, im fahrtwind des karussells, hat der riss seinen ausgang genommen.

der täter blieb mir nicht unbekannt. im kinderheim begegneten wir uns täglich + er blieb auch nach seiner volljährigkeit in der umgebung + damit in meinem leben - auf dem schulweg, im schwimmbad, im wohnzimmer meiner geliebten schwester wendelina. sie ermahnte mich zur freundlichkeit ihm gegenüber, er hätte es schwer im leben. ich wusste, dass das stimmte + tat so, als besäße ich keinerlei erinnerung, bis ich sie wirklich nicht mehr spürte.

auch diese erinnerung gibt es - wie ich ihm einmal im auftrag der schwester einen nusskranz brachte + er mir ein stück davon mit einem glas milch anbot. es schien mir keine möglichkeit zu geben, die einladung auszuschlagen.
ich war immer noch keine zehn jahre alt + konnte den blick nicht abwenden von dem zuckenden, milchgetränkten flaum, in dem sich die krokantstücke verfingen.
ich dachte nicht, aber spürte doch, dass ich mit dingen zu tun hatte, die zu groß für mich waren - ekel, scham, angst. es war alles zu groß, das nusskranzstück, der weg bis zur tür, bis zum erwachsensein, bis alles einmal ganz leicht sein würde. aber trotzdem muss ich jetzt wirklich los.
ja nein, ich sag nichts. danke für den kuchen, tschüss.

24//10//2019 - 17:45 habe lange nichts mit meinem liturgischen talent anzufangen gewusst, wage nun aber endlich den schritt in die priesterliche selbstständigkeit.
predigten zu jedem anlass, beichtabnahme gegen aufpreis, weihrauch inkl.
das angebot ist niedrigschwellig, ich gebe meinen segen dort, wo er gut bezahlt wird.

bless you?

24//10//2019 - 18:21 war jetzt schon untergang?

24//10//2019 - 19:14 unterhaltungen mit leuten, die dümmer sind als ich, reichlich anstrengend.
man muss so sehr geduldig sein. bin allerdings ich die dumme, erwarte ich auch ein bisschen anstand.
man kann schlicht nicht ein leben lang die pappen halten

28//10//2019 - 18:42 if you're privileged + you know it
clap your hands
if you're part of the problem + you know it
clap your hands
if you're guilty + you know it
+ you really need to show it
become involved in political activism, end up depressed about the state of the world + how it's not willing to change despite all your efforts, all your pain + all your auseinandersetzung, get a burn out + some expensive self care too, finally decide to accept an appropriate job + a life partner who's just about to buy a flat within the sbahn-ring (not your idea, obviously)

if you're guilty + you chose it
clap your hands

29//10//2019 - 19:35 ein mythos, dass frauen post40 zu einsamer bitterkeit + bitterer einsamkeit verdammt sind. ich werd's nur leider nicht beweisen

31//10//2019 - 17:34 das problem ist, sachen über 100euro stehen einem einfach besser. sie haben diesen nichtganzgünstigschnitt, der so gut sitzt

31//10//2019 - 22:56 ein bestimmter mantel, der mir außerordentlich gefällt zb, kostet um die 249euro.
man kann sagen, das ist zu teuer. man könnte aber auch sagen, ein mittlerer preis für eine instantselbstwerterhöhung.
das alte gesetz - je teurer der trench, umso selbstwusster die null, die ihn trägt

02//11//2019 - 14:25 liebesbeziehungen, es gibt sie in so vielen formen, farben + stilen, ganz ähnlich der bekleidung.
im alltag trägt man robuste stoffe, wolle + jeans, oder comfort clothing, als jogginghose oder nickipulli auch mal ganz niedlich.
oft hüllen sich langjährige partnerschaften von menschen, die im bett gerne die neuesten serien schauen, so ein. wenn sie auf pause drücken, dann um den auflauf nochmal aus dem kühlschrank zu holen oder die hand der anderen unter den weiten elastischen bund zu führen - sie sind nicht prüde, nur freizeitorientiert.

die wirklich schlimmen paarungen dagegen scheuern wie outdoor wear – vorherrschend sind hier bemühungen um das abwandern der lebenspläne, zelt abbezahlen, steuervorteile erklimmen. hochleistungsfähig, aber wer will so leben?
dann die exzentrischen, die täglich die große robe auftragen. sie erwählen einander drei olympsphären entfernt, auch ihre künstlerkarrieren wollen sich potenzieren, aber jeder idiot erkennt den teufel an der weggabel (hier dauerinszenierungsanstrengungen, dort liebe, sex + ehrlichkeit) + kehrt um.

unter diesen äußeren schichten jedoch, da liegt eine tiefere, intimere – aus gekämmtem alpaka oder geilem gummi, als geheime liebe fest am busen oder glatte leidenschaft zwischen den beinen (darf ruhig auch mal dreckig werden). man zeigt sie nicht ständig her. man sieht nicht unbedingt gut aus darin. oft passt sie nicht ganz. aber nichts kommt uns nah, nichts trägt unseren geruch wie die unterwäsche der gefühle

02//11//2019 – 17:22 hab gestern die küche aufgeräumt + das gefühl gehabt, die stehengebliebene uhr hätte einen sprung quer durch die zeit geschlagen.
das bild würde schon hängen, die renovierung auch unterhalb der fliesen fertiggestellt sein + statt des blauen mosaiks hätte ich damals perlmuttfarbenes genommen. ich wünschte, du würdest jetzt halbvier die süße suppe aus tomaten kochen, mir fidél in den arm legen wie ein nacktes tier, ich wünschte, die mitbewohnerin zeigte mir noch einmal, wie man zu diesen liedern tanzt + sich umarmt, ohne zu erstarren. wenn sie lacht, sehe ich ihre hinteren zahnreihen + wenn der sommer kommt, weht er als schwerer nachmittag durchs fenster rein.

ich sollte es dringend putzen. ich sollte ordnung halten, nach zwei jahren zu potte kommen mit der renovierung, regale anbringen, kram wegschmeißen, geschirr aussortieren. alte rezepte, neue weine, maßvoll schlemmen, besser lieben, nicht an gestern, nicht an morgen denken.
aber jetzt noch nicht.
halbvier

03//11//2019 – 11:25 ich hab das widerspruchstourette

04//11//2019 – 18:38 was gibt's heut zu mittag – kartoffelstampf oder klassenkampf?

05//11//2019 – 19:11 meine muttersprache ist erbrochenes deutsch

07//11//2019 – 14:55 gut küssen ist, wenn's flüssig wird. nein nicht nur spucke, ich meine tiefer, in den muskeln + anderen verhärtungen. gut küssen ist, wenn ich dich erreiche, halbfest + halbweich mache, nicht so, dass du matsch wirst. gut küssen ist zahnfleisch.
gut küssen ist fallen aber ohne angst. nach unten nach oben hin + weg.
gut küssen ist eine gelegenheit: in die wellen werfen + ganz auf den grund sinken. die fähigkeit besteht darin, nicht ans ersticken zu denken. wir atmen luft für generationen.
gut küssen wäscht ängstlichen die furcht ab, religiösen den glauben, müttern die sorgen. wir senden fluten. algen wehen + quallen steigen aus den brücken.
komm her koralle. dein riff setzt mich frei

09//11//2019 – 14:55 meine libido ist null woke

15//11//2019 – 10:04 im nichtdeutschsprachigen ausland nach dem namen befragt gebe ich manchmal brombeermarmelade an.
„brombeer??“
„yes like flaubert“
„is it your first name?“
„kind of“
„but marmelade isn't a real name?“
„it's african, there's a long history of colonial influence on ritual naming traditions behind.“
„i see ... nice to meet you, brombeermarmelade.“
„the pleasure is all mine“

20//11//2019 – 18:20 nicht die hoffnung aufgeben, auch du findest einen streit, der zu dir passt. der richtige wartet sicher irgendwo da draußen

22//11//2019 – 13:19 das mit dem sterben, das passiert mir glaub ich nicht. der fleck zwischen arbeit (8:00 – 19:00) + schlafen (23:30 – 7 naja 7:30) wird einfach immer kleiner, immer blasser, bis ich ganz aus der zeit gewaschen bin.
duftreste, vielleicht

23//11//2019 – 19:41 die konversation zäh (sitzordnung from hell), flambierte blicke, vorm kamin trennt frau rotkohl sich wohl eben jetzt vom ollen boskop, naja. der kleine lord reicht humorhäppchen + die offene gesellschaft öffnet erstmal hosenställe.

torkelnder gang in die küche, bekannte dörrpflaumengesichter, man hat sich's wohl mit allen hier versemmelt.

nur auf dem raucherbalkon brennt warmes licht +
selbst die sterne stehen zusammengerückt
königsochsen blicken verzückt
ach so? das christkind bin wohl ich.

lametta!

24//11//2019 – 22:10 meine jugendlichen musikvorlieben interessieren mich lang schon nicht mehr + eigentlich weiß ich nicht, weshalb gerade soul überlebt hat. wahrscheinlich wurden zu dieser musik sachen geschrieben, die mir antworten geben könnten, aber muss ich das überhaupt ergründen?

irgendwas sicher mit hang zur kontrastreichen dramatik – ich meine singen, weinen, tanzen, werben, begehren + beten fällt im soul oft in eins + natürlich resoniert das mit einem katholisch sozialisierten girl
der musik der weißen sixties groups fehlt in meinen ohren dagegen meist die sirenenaufforderung an die körper. + natürlich weiß ich, dass eben solche eindrücke die soulszene ein wenig zu einem rattenloch machen, in dem sexistische + rassistische zuschreibungen oft schmierig zusammenfinden.

aber dann höre ich so einen hit + habe nicht gelernt gelesen gehört, sondern durch den ton selbst erfahren, dass im soul die besungene einsamkeit immer auch die verlorenheit einer ausgebluteten schwarzen klasse meint + die zurückweisung durch den boy die frage nach dem menschlichen wert aufwirft. immer wieder warten, warten, „i'll waihait for

youuuu", wo fesseln nicht gelöst werden können. die religiöse erlösung wechselt mit der beschwörung der revolution + in der tanzenden anziehung der körper liegt ein lichtstreifiges versprechen auf hoffnung, diesseitig.
die schönste der musikalischen verschmelzungen ist für mich die von fröhlichkeit + goth, tanzbarkeit + verzweiflung.

anyway. ich liebe das einfach

25//11//2019 – 15:52 höre ja selber alles, aber fast alle meiner weißen friends hören pop, indie, punk, techno (den sie weiß verstehen) + *dingdong* hiphop. manche garniert mit etwas klassik oder metal, von früher noch. bis auf ein paar special interest leute hassen alle reggae + oft genug auch soul, disco, jazz, funk etc.

was lernt ihr bitte in diesen critical whiteness kursen?

26//11//2019 – 17:13 ein vierteljahrhundert berlin hat mich in die knie gezwungen – ich sage, auf das einzig genießbare erzeugnis preußischer backstuben zeigend: „einen von diesen pfannkuchen bitte".
aber deshalb die originalen labberigguten pfannkuchen zu eierkuchen machen?
niemals ✊

26//11//2019 – 18:33 na, ballert ihr im dezember wieder euren dispo?

26//11//2019 – 22:04 also, schlagfertige leute sind in der regel nicht sehr schlagfertig

27//11//2019 – 21:21 feministisches erweckungserlebnis? mein bruder hat mich im streit xanthippe genannt + mir hat's gefallen

05//12//2019 – 07:33 fand's besser, als wir nazi statt umstritten, ausländerfeindlich statt einwanderungskritisch + frauenhasser statt männerrechtler gesagt haben.

auch aus gründen der fairness –
diese leute haben ein recht darauf, zu erfahren, welches problem sie darstellen

05//12//2019 – 15:39 ob es nochmal schneien wird?
in berlin macht mich das immer fertig, der unausweichliche matsch, die schmutzige beschwerlichkeit. beides in der stadt ohnehin reichlich vorhanden, nach dem schneefall kippt es dann. gut, das eine aufgeregte wochenende, an dem isolierverpackte kinderballen in die parks strömen. ihre schlitten hinterlassen zugspuren, darin reste von silvesterknallern. hier diese farbe von altem blut, da an der baumscheibe schwefelsprenkel. von der hauswand wölben plakate runter – diese band, die sie jetzt mögen, hat schon wieder gespielt. urin wäre der bessere name gewesen. sowas regt mich manchmal auf, wenn es so naheliegend ist. nein es regt mich nicht auf. nur ein halber, schmelzender egalgedanke. bald wird es tropfen

schnee schmerzt mich. wenn er fällt, hält alles andere an. wir stehen am fenster, sehen durch die atembeschlagene scheibe. wechselndes ampellicht.
ich will die welt runterzählen, bis auf deine haut, bis auf jedes wort, das es jetzt nicht braucht. bleib.

die autos fahren an, ziehen die verwehten bremswege nach. kiesel, kajal. ich setze kaffee auf, schalte das radio an. es wird nichts liegen bleiben, glättegefahr.
vielleicht schneit es auch einfach nicht mehr, nicht mehr so richtig. noch eine verletzliche stelle weniger.

08//12//2019 – 13:58 meine momma hat zeitweise in einer grundschule geputzt, die ich auch besuchte, sie erledigte das am frühen abend oder auch wochenends.
es kam vor, ergab sich aber nicht oft, dass ich sie begleitete. ich half ihr dann mit kleinigkeiten wie dem reinigen der waschbecken (wichtig: armaturen zum glänzen bringen) oder der spiegel, aber die meiste zeit saß ich auf den garderobebänken herum + las.
einmal bekam meine momma einen anfall, erst atemnot, dann spuckte sie in die toilette. ich durfte nicht nah herankommen, sah aber die roten spritzer auf dem boden.
ein andermal lagen osterkörbe, wir hatten sie am vormittag gebastelt + befüllt, auf dem fensterbrett gereiht.
24 osterhasen sahen mich an, eigentümliches gefühl.
aus den besonders vollen körben nahm ich jeweils eine kleinigkeit heraus. den nachhauseweg über war ich voller angst, meine momma könnte meinen schatz entdecken, aber mehr noch, jemand/etwas hätte draußen in der dämmerung in den büschen gesessen + mich im erleuchteten klassenzimmer beim stehlen beobachtet.

nächster morgen am selben ort: wir bekamen die körbe ausgehändigt, der süßigkeitentauschhandel war umgehend eröffnet + niemand schien etwas zu vermissen oder zu bemerken.
ich spürte nicht unbedingt schuld – mehr eine art weisung, von den meisten dingen zu schweigen.

vielleicht war aber auch nichts geschehen. vielleicht war ich gestern nicht hier gewesen, meine momma nicht krank, lauerte nichts da draußen, wenn es dunkel wurde. vielleicht bildete ich es mir wirklich nur ein, das leben

09//12//2019 – 20:08 ich gehe auf die fünfzig zu
sie dreht sich weg
tut so
als sei ich luft
gut. dann nicht

10//12//2019 – 08:21 kann oft nicht so raus aus meiner haut, wie ich gerne würde.
ihr würdet euch ja schließlich ekeln.

20//12//2019 – 18:23 was machen mit typen wie dem am nebentisch, der mit spiralisierenden augen sachen in die luft haucht wie „um ein produkt verkaufen zu können, muss man sich selbst darin erkannt haben".
sätze, aufmerksamkeitsheischend wie stars auf dem roten teppich, drehen sich nochmal kurz, bevor sie zu staub zerfallen.

so jemand arbeitet in der kommunistischen zukunft inne kita, als grützekoch + windelwechsler.
wer daran zweifelt, ist neoliberal beschnitten

20//12//2019 – 21:11 einige meiner süßesten freund*innen gründen gerade ein start-up, mit hierarchien so platt wie brandenburg

21//12//2019 – 14:43 siktir lan
marzipan

21//12//2019 – 14:52 mein schätzchen
kackt wunderbare plätzchen

21//12//2019 – 15:24 „für papa hab ich bis jetzt nur die hitlersocken"

21//12//2019 – 16:25 wer sitzt in den zügen zum heiligen fest
(man kann die eltern nicht einfach im stich lassen
+ auch die kleinen wollen geschenke fassen)
wer hasst die tradition mehr als die pest
schmückt stöhnend den baum im heimischen nest

wer lamentiert „weihnachten ... dann lieber sterben"
darf ich vorstellen –
deutschlands selbstlose erben

22//12//2019 – 18:40 eine reine hauskatze werde ich wohl niemals halten können. habe diese tiere umherschweifend kennengelernt, sie genau dafür bewundert.
auf den bauernhöfen gab es immer unendlich viele von ihnen: sie hingen vor der scheune oder hinten bei der witwensiedlung rum, ruhten in der stube, starrten lauernd auf die fische im wiesenbach.
die bauern lebten irgendwie mit den tieren, gegen die tiere, von den tieren. immer wieder stand man im blut vor aufgerissenen tierleibern, männern in gummianzügen, ausweidungen. ich hielt mich also an die katzen, denen einzig die traktoren + laster auf der schnellstraße gefährlich wurden.
zuneigung kennt leider doch abstufungen: die getigerten mochte ich gerne, meine echte liebe galt aber den monochrom grauen, weißen + schwarzen. letztere wurden von den witwen übrigens mohrle gerufen, wenn sie mich gern hatten, nannten sie mich genauso.

die schwärze der katzen schien mir außerirdisch, als könnten sie alles darin versenken. wie ein zum leben erweckter scherenschnitt, eine auslassung des universums. + ja, natürlich wollte ich schwarz sein wie eine katze. jedes licht absorbieren.
keinen schatten werfen, sondern einer sein

26//12//2019 – 17:13 der raumdurchziehende duft von aufbackbrötchen löst in mir eine reihe von gefühlen aus. besonders intensiv: das glück gelungener lebensführung

26//12//2019 - 18:35 ehrliche weihnachtsgrüße

„liebe mimi

zu weihnachten wünschen wir dir etwas mehr geschick
in allem, eine kräftige tracht prügel + ja auch ausreichend
enttäuschung + die eine oder andere lebenslektion.
du fehlst uns, du schmutz.

mit den besten vorwürfen

deine familie“

31//12//2019 - 17:56 unter den influencerinnen bin ich die geistige brandstifterin?

31//12//2019 - 20:20 rezensionen zu 2019 sind draußen.
einhellig: zäh, enttäuschend, unappetitlich zerflockt zum ende hin.

31//12//2019 - 20:20 ich mag die zukunft einfach.
oder vielleicht mag ich alles entfernte - das weit
zurückliegende wie das funkeln am horizont.
mond sterne darunter ein fluss.

hallo 2020 ich bin bald bei dir.

09//01//2020 – 12:48 humor ist ein dysfunktionaler boyfriend: vor liebe verzweifelt, aus angst defätistisch + dann eher stumpf als vergnüglich.
nur – sobald er mich verlässt, vermiss ich ihn unendlich

09//01//2020 – 22:25 mehr follower, dann onlyfans.
alle sollen zahlen.
für meinen hemmungslosen
content
immer nackter
ich mach onlyfans
mit onlytext
nein keine sextexts
textsex
ich hoffe dein paypal steht
du wirkst nicht als gäbe es
probleme mit der liquidität
ich hoffe wir kommen
zusammen
ich hoffe du hengst
abonnierst mich
+ favest mich
+ deckst mich
zu.
ich versaue es
wo du es brauchst.
öffne meinen channel
dring von hinten
in die tropfgeilhöhle
schön anstellen
mein content
sitzt dir auf dem gesicht

lutsch mal
not safe for life
but safe for bank
finger drauf
dein paypal steht
ich hol mir was runter
okay?!
mmh daddy please
uh ja
baby
babyleck
knie.
schluck.
fresse.
aah

we love
ATM bukkake

10//01//2020 – 16:44 als ghettosnob sitzt man ewig zwischen den stühlen
unten scheiße, oben scheiße

24//01//2020 – 17:47 eine wolkige stimme fordert mich auf, es „gerne zu einem späteren zeitpunkt wieder zu versuchen“, aber ich lasse mich einfach weitere 4/5 min von ludovico einaudis sphärischen melodien belullen.
in wenigen augenblicken wird die forderungspeitsche der rechnungsstelle jobcenter auf mich niedergehen + ich bin immer neu beeindruckt von der kraft der inszenierung

29//01//2020 - 16:57 wieso andere planeten, wenn man auch einfach das totenreich kolonisieren kann

30//01//2020 - 00:00 das mottoshirt war 1993 noch kaum erfunden, ich kam mir also erhaben vor, als ich 2 weiße shirts im örtlichen photogeschäft bedrucken ließ.
auf dem einen stand in apfelgrüner bogenschrift die wenzel-storch-hommage: sommer der liebe
auf dem anderen sehr ernsthaft in suhrkampfont: nieder mit der realität.

beide shirts verlor ich noch im selben jahr auf irgendwelchen waldhüttenparties + das mit den utopien war irgendwie auch perdu

01//02//2020 - 14:05 „whoah this place is such a mess", sagt die frau neben mir + ich denke, pass mal besser auf, dass sie dir nicht das iphone unterm bepiercten ohr wegklauen.
ich belächele mich dabei - diese microaggressiven anfälle passieren mir manchmal. im zweifel wähle ich das ghetto, auch wenn ich jede zugehörigkeit verwirkt habe. also fast jede.
das kottbusser tor ist für mich das, was andere „zuhause" nennen, dreh- + angelpunkt der längsten zeit meines lebens.
mit 14, beim ersten berlinbesuch, stand ich noch ehrfürchtig staunend - man kennt es, first time new york, yellow cabs, dampf steigt aus den rohren. für mich eben kotti - rau, ramponiert, sozialbaurealität.
gut zehn jahre später war ich längst zu einer der vorbeieilenden kreuzbergmamas geworden, eine hand am buggy, die andere am handy. folgemilch +

wochenendexpectations, es floss alles ineinander. davor hatte es aufgeregte erste maien + demos gegeben, in den engen betongassen jagten uns die bullen + manchmal jagten wir sie. autos brannten einfach von selbst, wenn wasserwerfer kamen, klingelten wir das schild durch + irgendjemand öffnete. es ging immer gut aus, denn wir kannten uns aus. bevor der neue kreuzberger schick kam, verwickelte mich die argentinerin vom eiscafé in sorgenvolle gespräche, wie der kotti zu beleben sei – die coffeewave hatte berlin noch nicht erreicht + ihr cappuccino war der geheimtipp der gegend (außerdem reichte der empfang meines babyphones dorthin, sehr praktisch). ihre mutter war in den achtziger jahren von der zentralisierten italienischen „eisbehörde“ mit einer adresse nach deutschland geschickt worden + wäre am liebsten gleich wieder umgedreht. stattdessen brachte die gelatiera den kreuzbergern den genuss echter eiskunst + nebenbei drei kinder zur welt. das straßenfest, das ihre tochter dreißig jahre später organisierte, gehört zu den schwerelosen momenten dieses ortes. es wimmelte von luftballons, der freundliche schuster sang ein anatolisches lied + die kinder tanzten eisverschmiert. ich wünschte, ich hätte fotos gemacht.
alles war auf einmal da. + schau
da leuchtet es noch

07//02//2020 - 00:21 agavenficksaft

07//02//2020 - 18:03 eben zum ersten mal den begriff neurodivers gelesen + hello beauty! mein sprung in der schüssel ist jetzt eine maßvoll coole identität

wo hängt die szene, welches datingportal für gleichdiverse + was der heißeste spaltungsstreit?

07//02//2020 - 23:38 am einsamsten im hirn
ausbaden müssen es mal wieder die einfachen proletarierinnen
haut + herz

10//02//2020 - 15:13 wind, ich vermisse ihn. oder eher eine welt, die er bewegt, ohne zu zerstören.
früher saß ich bei gewitter manchmal auf dem dachboden + hab zugeschaut, wie es sich ereignet. unten der rhein, auch andere wasser, in denen sich die blitze fingen. war meine momma in stimmung, gab es kakao + rosinenbrot dazu.
hundertmal hab ich mich nach dem blitzableiter erkundigt. erwachsene beruhigen kinder gern bei gewitter.
schlief ich bei prasselndem regen, nahm er mich ein + ließ mich mit sich fallen. am nächsten morgen umgeworfene fahrräder, dampfende wälder.
hätte ich eine liebe, würde ich ihr das zeigen wollen, solche bewegungen. die kapelle auf dem schafberg, kerzen anzünden + warten, bis der himmel klart. es braucht keine geschichten. kommt wind auf, drehen die blätter.

10//02//2020 – 21:32 was es bräuchte, wäre allgemein durchgesetzte polittherapie.
da säße man auf so styroporbällchengefüllten knautschsäcken einer verständnisvoll blickenden person gegenüber, berichtete von gefühlen der hoffnungslosigkeit (klima), dissoziativen zuständen (deutsche tagespolitik, verwehungen kolonialer verhältnisse) + depersonalisiertem erleben (antideutsch).
die verständnisvolle person machte sich notizen, spräche erst von akzeptanz (realpolitische niederungen als chance) dann selbstfürsorge (rituale entwickeln, um kommunistische ideen zu verabschieden, die „guten wünsche“ mit luftballons gen himmel senden, wäre das vielleicht etwas, das ihnen das loslassen erleichterte?) während sie immer tiefer in den sessel einsänke.
man holte luft, setzte nochmal an, holte die alten ideale heraus (sie waren im widerstand), erhebt sich endlich aus den fesseln des sacks + hält eine flammende rede vor dem konvent, sturz der eliten, bewegung der massen, ohrenrauschen.
doch in die sekunde höchster ergriffenheit mischt sich ein mahlendes geräusch. der sack hat den therapeuten ganz in sich aufgenommen – das meer aus styropor fügt sich schon wieder glatt + unbewegt.
langsam hebt sich nun der blick, schweift durch das panoramafenster der durchaus repräsentativ zu nennenden praxisräume. zur rechten das regierungsviertel, zur linken die viertel der regierten. für einen moment steht man da, mit hängenden armen.
dann steigen die ballons + verdunkeln den himmel ganz

12//02//2020 – 14:05 ich tweet mir die welt widdewidde wie sie mir gefällt

15//02//2020 – 22:06 manchmal rufe ich meinen sohn an + erwische ihn beim essen, nicht selten in einem pizzaladen in 61, wo seine clique sich öfter trifft.
mit vollem mund antwortet er dann
„lass uns später telefonieren mama, bin gerade bei [nuschel] deutsche pizza."
„was? deutsche pizza?"
„ja genau"
„ok?!"
letztens schrieb ich „na hängt ihr wieder bei deutsche pizza?" + erhielt 3x tränenlachsmileys zurück (hatte den kids bisher besseres emoji-gespür unterstellt).

gestern dann das lob „du hast dich übrigens unsterblich gemacht, mama. selbst die leute vom laden fanden's gut."
„welcher laden?"
„na dolce pizza. aber das ist vorbei, wir sagen jetzt immer alle: lass deutsche pizza treffen."
na servus

16//02//2020 – 00:17 wochenends könnt ihr mich gern mal als haustier laden – mir viel übers haar streichen + leckerlis geben, weil ich so brav gehorche.
werft mir einen knochen hin + freut euch, wie ich meine zähne daran schärfe. schimpft mich ruhig, wenn ich zu wild geschnappt hab. schau ich dann wehleidig, ruft ihr „jöh jetzt schämt sie sich, na komm her, du bist ja ganz eine schlimme du" + wieder streicheln.

wichtig – klare grenzen setzen. das bett ist tabu.
hier wirklich streng bleiben.
sonst lerne ich es nie

16//02//2020 – 19:34 zu frühen schulzeiten wurde beim girlpeersvergleich nicht nur viel an meinem körper, sondern auch an meinem gesicht herumgemäkelt:
nase „zu knollig" + „zu breit", lippen „zu schwulstig", augenfarbe langweilig, zahnfleischfarbe eklig, stirn zu stark.
den kids ist alles mögliche eingefallen, um nicht zu sagen „neger sind hässlich" + es doch zu sagen.
ein vorteil daran, als schwarzes kind nicht in einer weißen familie aufwachsen zu müssen, sondern von schwarzen gesichtern gerahmt zu sein: ich habe das nicht direkt geglaubt. aber doch verstanden, dass meine wertigkeit unter beschuss steht, meine erscheinung der deutschen gesellschaft eine zumutung ist.

später hat es sich geändert, meine züge waren nur noch „anders" + damit plötzlich schön. das stieg mir bald zu kopf, ich wagte darüber nachzudenken, ob deutsche etwa schlechter küssten der schmalen lippen wegen (man fühlt es dann weniger, nein?).
aber im ernst – wie kann man es nur wagen, einem menschen das gesicht vorzuhalten?

18//02//2020 – 14:24 hätt ich selbst genug davon zum leben
würd ich euch allen herzlikes geben

19//02//2020 – 03:02 axel, ein junge aus meiner kinderheimgruppe (k9). seine mausbraunen haare waren oft fettig, seine haut nachgiebig + sehr weiß. ich besitze noch ein foto von einem wellenbadausflug, da ist er gerade dabei, seine mehrfarbige seventiesunterhose anzuziehen. es fiel ihm schwer, sie über die nassgecremte haut zu bekommen, das sah man + auch ein bisschen was von seinen eiern. wie lustig wir das foto fanden.
echte erinnerungen an ihn habe ich gar nicht, jedenfalls keine, denen man ganz trauen könnte. er war ein wenig in sich versunken – ich glaube, die anderen fanden ihn trottelig, aber ich war fünf + mochte ihn, trotz des hässlichen namens.
es gibt noch ein bild, wir alle in frottee + nickipyjamas beim ferngucken, axel hatte mich auf dem schoß. was mit seinen eltern war, weiß ich nicht, er bekam nie besuch. axel war allein, hatte niemanden außerhalb der k9. das war aber üblich

kaum erinnerungen außer eine – die größeren hatten den metallrollwagen mit den töpfen darauf aus der großküche geholt, die jüngeren den tisch gedeckt. es dauerte immer etwas, bis wir alle am tisch saßen. die gruppe bestand vorwiegend aus jungs, außer mir war da nur 1 anderes mädchen, silke. es gab irgendein gekochtes fleisch + heute hing viel fett an den scheiben.
niemand wollte das essen. wir machten uns lustig, weideten uns am ekel, warfen die stücke auf die teller der anderen. also wir, aber ich nicht.
als kleinste ließ man mir meine pickyness durchgehen + gegen meinen trotz kam die schwester ohnehin nicht an.
bei den anderen war sie strenger, an diesem tag richtig aufgebracht über die wilde stimmung am tisch. sie befahl uns, die teller zu leeren + verließ den raum, vielleicht, um sich zu beruhigen.

axel war der einzige, der die ihm zugeteilte scheibe aufgegessen + dem es nach eigenem bekunden geschmeckt hatte. warum hatte er das bloß gesagt?
die anderen luden nun all ihre fettigen stücke auf seinem teller ab, türmten das zerkochte fleisch aufeinander. ich begann zu weinen, ahnte etwas.
sie zwangen ihn dann, alles aufzuessen, auch das fett. + axel wehrte sich nicht, fraß einfach in sich hinein. christoph, ein teenager mit rothaariger mähne + judas-priest-shirt, sagte: axel, du verfressene sau. einer erwiderte: lass ihn + fing sich dafür fast eine schelle.
die schwester hatte vielleicht etwas gehört. ich schrie jedenfalls herum + einige johlten. sie kam herein + schrie christoph an + axel aß weiter.

die tür zur toilette stand offen, als er sein mittagessen auskotzte. fleisch fett knorpel. sein würgen war lauter als das schimpfen im hintergrund, ich starrte auf seine beine + den gebeugten oberkörper + hatte angst, mich könnte der geruch erreichen.
axel silke christoph, so viele schwimmer in den wellen. ich werde euch nie vergessen

19//02//2020 – 23:23 meine lyrik
starrt vor dreck
+ meine prosa
essensrestrosa

23//02//2020 – 14:29 migranten.
bildet banden

24//02//2020 – 22:11 konservative sind rechte, aber als fairtradeprodukt.
sie vertreten basically die gleichen sachen (heimat, werte, tradition, wir vor den anderen, mann + frau, wobei mann über frau etc) nur steht das interesse am eigenen vor der vernichtung der anderen. sie wissen um diesen kleinen feinen unterschied, nennen ihn menschlichkeit.
+ tatsächlich, vor der suizidalität der rechten schrecken sie zurück – eben so lange, bis ihnen das gerede vom überlebenskampf irgendwann schmeckt. dann wollen auch sie wieder vollrentabel wirtschaften

03//03//2020 – 09:27 wann schreibst du denn endlich dein buch?
ich schreib doch hier.
ja aber so richtig?
was ist daran nicht richtig?
du kannst damit zum beispiel kein geld verdienen.
ja. danke fürs erinnern. aber immerhin kann ich mir hier kleine sachen leisten. roman bleibt was für bürgerliche

04//03//2020 – 10:41 fantasie ist die kleine tochter der angst + sie will immer fortfliegen, zum fenster + in die welt hinaus, um möglichst groß, möglichst weit zu werden.
aber die angst sagt: schön hiergeblieben. zeit fürs bett + außerdem, da draußen gibt es nichts, das bildest du dir ein.
+ dann deckt die angst die fantasie zu. immer mehr deckt sie zu, bis sie groß + weit + zur decke geworden ist.

eine decke aus angst + fantasie + wenn sie nicht erlogen sind, dann sterben sie noch heute

05//03//2020 – 13:40 tinnitus, aber als lebensgefühl aaaaaaaaaaaaaaaaaaaaaaaaaaaaaaaaaaaaaaaaaaaaaaaaaaaaaaaaaaa aaaaaaaaaaaaaaaaaaaaaaaaaaaaaaaaaaaaaaaaaaaaaaaaaaaaaaaaaaa aaaaaaaaaaaaaaaaaaaaaaaaaaaaaaaaaaaaaaaaaaaaaaaaaaaaaaaaaaa aaaaaaaaaaaaaaaaaaaaaaaaaaaaaaaaaaaaaaaaaaaaaaaaaaaaaaaaaaa aaaaaaaaaaaaaaaaaaaaaaaaaaaaaaaaaaaaaaaaaaaaaaaaaaaaaaaaaaa aaaaaaaaaaaaaaaaaaaaaaaaaaaaaaaaaaaaaaaaaaaaaaaaaaaaaaaaaaa aaaaaaaaaaaaaaaaaaaaaaaaaaaaaaaaaaaaaaaaaaaaaaaaaaaaaaaaaaa aaaaaaaaaaaaaaaaaaaaaaaaaaaaaaaaaaaaaaaaaaaaaaaaaaaaaaaaaaa aaaaaaaaaaaaaaaaaaaaaaaaaaaaaaaaaaaaaaaaaaaaaaaaaaaaaaaaaaa aaaaaaaaaaaaaaaaaaaaaaaaaaaaaaaaaaaaaaaaaaaaaaaaaaaaaaaaaaa aaaaaaaaaaaaaaaaaaaaaaaaaaaaaaaaaaaaaaa

09//03//2020 – 11:15 neuerlicher versuch normal Groß- + Kleinschreibung zu verwenden, aber wow, unflüssig

09//03//2020 – 20:59 was am coronavirus vor allem nervt:
- dass es existiert
- dass es bleiben wird
- dass es in seiner pandemischen ausbreitung vermeidbar gewesen wäre
- was es für die schwächsten glieder einer gesellschaft bedeutet, welche gefahren in der ignoranz liegen
- deutschland
- dass vegetarismus nicht längst durchgesetzt ist
- der hygiene- + isolationszwang, wie lange lässt sich das durchhalten. mir wäre kurz + entschlossen lieber gewesen
- dass ich meinen teenagersohn (noch) nicht einsperren kann
- dass ich meine momma nicht einsperren kann, wobei das angemessen wäre
- dass wir mit allem, einfach allem, überfordert sind

12//03//2020 – 13:06 was meint ihr – wann geht die hatz auf kinder los?
habe gehört, ihr blut enthalte reinen impfstoff

13//03//2020 – 17:35 hab außer 1 packung klopapier noch nichts eingekauft, gehöre zu diesen maximalüberforderten.
aber verstehe ich richtig: supermärkte bleiben geöffnet, die müllabfuhr dient uns weiterhin + die briefe der inkasso-unternehmen erreichen mich noch im entlegensten lazarett?

gut, den hafer-flat-triple-shot muss ich mir bis auf weiteres wohl selbst zubereiten. aber jetzt ist eben der punkt erreicht für maßnahmen, die wehtun

14//03//2020 – 20:23 deutschland sagt sich ab

17//03//2020 – 15:47 angela merkel: leute. bleiben sie zuhause, jetzt ist quarantäne
leute: okay. wie zahlen wir den einkaufskram + alles
am: wir werden sehr gute, vage dinge tun, bald. keine sorgen jetzt
leute: angela. die miete
am: alle bürgerinnen dieses landes erhalten eine (1) leere platitüde

19//03//2020 – 22:04 ok. der frühling kommt, aber wozu gibt es vorhänge? in den kommenden tagen besorge ich alkohol, wärmenden + kühlenden. dann mach ich die metaphern leicht + lass sie steigen

hoffentlich brennt nichts an.
immer nudeln, tiefgefrorene kräuter. schlafen geh ich mit den tieren, bald wachsen mir ihre haare.
ich horche in meine laute. sie fallen tief, zum mittelpunkt der erde.

als es klingelt, habe ich das draußen bereits vergessen. stimme aus der gegensprechanlage wie strom aus der steckdose. erstmal verbinden. nein ich habe kein leergut. ja ich fühle mich leer.
gut.
warte mal

first encounter am flaschencontainer
ich liebe dich, gleich wer du bist
mehr weißglas als grünglas
please pray for us

19//03//2020 – 23:43 wenn sie keine masken haben, sollen sie doch luftküsse verteilen

20//03//2020 – 17:09 die liebe findet eine, so heißt's, wenn sie am wenigsten erwartet wird + deshalb sehe ich der sozialen isolation jetzt doch mit zuversicht entgegen

23//03//2020 – 20:21 geisterstunde
masken klarmachen
noch ne coke zero zischen –
livin' la vida loca

24//03//2020 - 06:03 denke, der zeitpunkt ist gekommen, den dating account zu reaktivieren.
lockdown. die bedingungen sind ideal

- keine real-life-dates. niemand kann = nichts muss
- online dating, so heißt, es sei das lieblingsspielzeug von leuten, die „nur die leere füllen" wollten.
highfive, it's a match?

- die üblichen warnungen, man verknalle sich beim onlinekontakt in ein sehnsuchtskonstrukt, nicht in den „echten menschen", erweisen sich in zeiten des virus als empfehlung. echte menschen nicht gut, sehnsuchtskonstrukte sehr gut. (verstehen sie? sprechen sie unsere sprache? entgräten, dann geht's)

- wow. viele menschen hier haben humor. strotzen vor originellen einfällen. leben das leben, bis es am vollsten ist. haben ziele, jedenfalls „standards".
das sind alles nazis + du musst sie blocken, bis keiner mehr übrig ist

- eklektische youtubelinks - der schlüsseldienst zu deinem herzen (deichkind, nico, amy winehouse hingegen - who are you to judge?)

- bei der einen question communist angeben, bei der anderen akademischen abschluss + gehobenes gehalt als mandatory priorisieren? hmm, du verstehst, wie das (wahrscheinlich) gemeint ist. zumindest verstehst du, dass nur ein so opaker wie kluger gedanke diesen widerspruch zu klammern vermag. vertrauen durchfährt dich wie heißes licht

- verschattete fotos, die einen schönen (mandatory), gütigen (helpful), sanft versauten (nice) menschen erahnen lassen. druck sie vergrößert auf bettwäsche. lagere vorräte +

mineralwasser unterm nachttisch, genug, um anderthalb tage das bett nicht verlassen zu müssen. schieb den gedanken weg, die person könnte dir beim masturbieren zusehen.

nur die ersten male, dann lass ihn zu.
auf den sessel in der hinteren zimmerecke hast du eine puppe aus kleiderballen drapiert, im halbdunkel wirkt sie sehr echt

- halte mehrere eisen im feuer. zock die flirtlevels runter. schau auch mal bei facebook rein, um „nicht die bodenhaftung zu verlieren". viele wollen dich. doch nicht hehe

- beantworte die questions, erhöhe die matches. füll die leere. zettle mit allen streit an, die schreiben. sehnenkonstrukt
schreib ein gedicht. es ist kein gedicht.
füll die leere.
trink den crémant, der übrig ist. trink das gedicht. dicht. setz dich zur puppe. habe die ehre.
ceci n'est pas une püpp. das bin nicht ich.
füll die leere.
halte mich
gut, das

schreibst du nicht

die bedingungen sind ideal. du sagst, sind sie nicht.
entgräten, dann geht's

25//03//2020 - 13:57 umarmen ist das neue rauchen
1. aufhören fällt schwer wegen der gewohnheit
2. bei stress steigt das verlangen
3. wenn leute es im film tun, sieht es cool + desirable aus.
auch noch nach langer zeit der abstinenz

29//03//2020 – 23:42 gleisdreieckpark.
ich muss noch die hausaufgaben absenden, bis 18.00
jetzt ist 18.30
ernsthaft? fuck!
komm, ist doch egal.
ey die cendricz dreht wieder durch. + dann mein vater. alle drehen durch
… [schaut sich um]
was?
nichts
sicher?
ja.
ich mag dich mehr als hausaufgaben.
du bist sehr ehrlich. also ich mag dich mehr als … gelbe nasenpickel
träume ich heute nacht von. sie hat nasenpickel gesagt. sie hat es so richtig fies gesagt, ich werde es nie vergessen.
du hast da was übrigens
hm?
nase
ha ha.
muss da schon die ganze zeit draufstarren, aber wollte eigentlich nichts sagen
[eyeroll]
warum bist du so genervt heute?
keine ahnung. ich will, dass es wieder normal wird. ich will, dass meine eltern + mein bruder wieder arbeiten gehen + nicht nur zuhause sind, sie labern müll. ich will mir ne pommes kaufen, wenn ich bock hab auf pommes + mit meinen freundinnen im park rumliegen, ohne dass irgendein fahrradwestenmann ankommt + uns anbrüllt. ich will meine ruhe haben. ich will nicht, dass meine mutter angst hat rauszugehen, ich will, dass sie rausgeht. ich will frühling

in berlin + leute an der admi treffen. ich will eiskrem ohne hundertmeterschlange, normal alles einfach
willst du auch wieder in die schule?
von mir aus: ja.
ok. dann ist es ernst.
ich will, dass du weniger nervst + mehr küsst
wow. ja! oder bist du gerade wirklich nur genervt?
[eyeroll]
sorry vergiss es vergiss es vergiss es. Komm ...
<3

02//04//2020 – 20:59 horrorfilm mit keuchenden joggern. in der frühjahrssonne glänzt die feuchtglatte funktionskleidung um die wette mit wippenden pferdeschwänzen + manbuns. die jogger verschanzen sich hinter ergonomischen sonnenbrillen + sprinten an dir mit lässiger hand am opak verhüllten buggy vorbei. bei jeder runde verringern sie kaum merklich den abstand. spurenannäherung – aber du bist nun mal ein sensitiver, ein aufmerksamer mensch.
warst es immer schon. trink den saft schatz, haben sie damals gesagt, davon wirst du ruhig. du hast den saft geschluckt, um sie zu beruhigen. sie wollten nicht sehen, was du sahst, du hast gelernt zu schweigen.
aber jetzt siehst du sie. + sie werden mehr.

äußerlich ruhig verlässt du den spazierweg. du achtest auf maßvollen schritt, hältst den blick versonnen auf das gurrende taubenpaar auf dem ampelmast. in den augenwinkeln nimmst du wahr: keuchende jogger die
- aus den ubahnaufgängen strömen
- bankfilialen verlassen
- in den warteschlangen der discounter auf der stelle treten.
sie sind längst überall. auch ihr keuchen wird lauter, übertönt das gurren, ist nun ganz nah hinter dir. mein gott, das müssen dutzende, hun... die ampel schaltet + du rennst. zuhause hast du noch eine maske, ffp3, better safe than sorry hast du fast entschuldigend bei der bestellung gedacht, nur noch wenige meter ...

zu spät.
sie haben dich eingeholt. viele, so viele.
du hattest nie eine chance. nie gehabt. du musst lachen jetzt, wie manche nach einem orgasmus oder einer kitzelnden yogaübung.
deine haare glänzen in der sonne. der boden federt beim laufen angenehm nach + dein atem schwingt sich frei. ein heller ton den die große, tröpfchenstreuende melodie am himmel einfängt
her den i mmu ni tät
Her Den I Mmu Ni Tät
HER DEN I MMU NI TÄT

14//04//2020 – 12:31 masken im deutschen diskurs – vom nichtskönner zum nationsretter

18//04//2020 - 08:25 wenn euch das klopapier ausgeht, dann nehmt doch satire

27//04//2020 - 11:45 dann mischt uns wenigstens was sedierend-aufhellendes ins grundwasser

oder ist menschenwürde etwa nur so ein wort

28//04//2020 - 10:20 deutsche
deutsche + kommentarspalten

kommentarspalten
kommentarspalten + männer

männer
männer + kommentarspalten

deutsche kommentarspalten + männer +
kotz

06//05//2020 - 19:43 die nachricht vom tod meiner schwester w., meiner lieben schützenden hilflosen nonne + ziehmutter + partner in crime, hat mich im letzten jahr schwer erwischt. trauer aber auch heftige reue, sie in ihren letzten jahren kaum begleitet zu haben. viel weinen …
+ dann tue ich das weg, unter die anderen sachen, die ungeöffneten briefe, den ungesagten ärger, die ungelebte liebe, zur niewiedervorlage
das geht lange, es wird herbst winter frühling.
dann besucht sie mich, so leicht lässt sie sich nicht abwimmeln. wirklich, den weiten weg, nur um mir zum geburtstag zu gratulieren – ja. namenstag, im gedenken

an die hlg. elisabeth, sei zwar noch wichtiger, aber sie mag alle feiern. fröhlich erzählt sie was aus den anderen geworden ist, wer von ihnen manchmal ihr grab besucht (ohne spitze, sie neigt nicht zu stillen vorwürfen), wie ich eine woche, nachdem sie mich auf ihre station bekommen hat, die ersten schritte gemacht habe + wie schade es doch sei, dass wir es nicht zusammen nach rom geschafft haben, vatikan ansehen. „nicht mehr in diesem leben" lacht sie.
viel lauter, als ich weinen kann

07//05//2020 – 20:18 als reife feige „im spätsommer des lebens" erinnere ich mich verschämt an die begegnungen mit einem zarten parmaschinken, im schatten der olivenbäume, hmm ... nun ja hat mich für eine schnittige melone sitzenlassen, das aas.
ach ich bin auch glücklich jetzt mit meinem bodenständigen feta. seit wir in der paartherapie gelernt haben, sein ziegiges odeur mit honiglube in fahrt zu bringen, harmonieren wir endlich, wenn es heiß her geht. betonung auf wenn ...
die wahrheit ist – der kleine thymian hält uns zusammen.

+ ab + an (so gut wie nie!) treff ich noch madame brie

11//05//2020 – 01:25 muttertag vergessen. fidél weiß, dass ich nichts drauf gebe + gratuliert mir dennoch. wir treffen uns am südstern, wohin er eben seine oma begleitet hat. ich habe sie länger nicht gesehen, nun erkenne ich sie kaum mit der weißen maske + den rutschigen plastikhandschuhen. ihre angst vor dem virus ist groß, doch das alleinsein erträgt sie nicht länger. die beiden achten brav darauf, abstand zu halten, aber man sieht, dass sie sich gern haben. zum abschied winken wir.

komm lass uns spazierengehen. fidél hat seit einiger zeit einen männlichkeitsschweren schritt drauf, vielleicht legt sich das wieder. heute trägt er ein trikotshirt in schwarz + diesem poolblau, das seine haut leuchten lässt. vielleicht ist es kein widerspruch: er sieht so schön aus + hat dabei ein weiches, gutes herz.

mir fällt die nachbarsfrau aus kindheitstagen ein, mit deren söhnen wir, mein bruder + ich, so oft gespielt haben. der jüngere, michael, war ein harmloser, blonder junge, der mir gerne seinen kindersafe mit der goldbarrensammlung zeigte oder zum schaukeln rüberkam. sein älterer bruder war actionorientierter – einmal kam er mit einem eimer trockeneis an + als er den zeigefinger zu lange darauf liegen ließ, blieb haut daran kleben. ein andermal legte er sich bei einer fahrradfahrt durch die reben in einer steilen kurve hin + riss sich nicht nur die rechte gesichtshälfte sondern gleich den halben körper am schotter blutig. frau werner war zwar ausgebildete grundschullehrerin, aber zu dieser zeit doch hauptberuflich mutter dieser beiden gewesen, denke ich. meine erinnerungen reichen allerdings kaum weiter, als bis zu ihrer gütigen freundlichkeit + ihrem hübschen gesicht, beides hatte mich beeindruckt. wies sie mich an der tür ab, weil ihr mann zuhause war, der wenig besuch duldete, dann fiel ihr das nicht leicht. komm morgen wieder, elisabeth, am wochenende ist familienzeit. tatsächlich fuhr unter der woche der wagen ihres mannes erst spät vor die garage

jedenfalls waren wir ihr vor ein paar jahren in baden-baden begegnet, nach einem kinobesuch. noch aufgewühlt vom film standen wir auf dem trottoir, als eine stimme rief, „das gibt es ja nicht, das elisabethle!“. ich erkannte gleich ihren ausgeprägten badischen zungenschlag, der bei ihr wohlig klang – manche leute können einen dialekt einfach sporten.

ihre freude war unbändig wie die eines gutmütigen hundes. etwas überwältigt von der explosion an herzlichkeit gab ich erst ihr die hand, dann ihrem mann, der sich verlegen hinter ihr hielt. sie trug immer noch diesen kirschroten lippenstift, der ihr zusammen mit dem mundnahen muttermal eine mondäne kontrastnote verlieh.
als sie schließlich fidél an meiner seite bemerkte, erstarrte sie für einen augenblick + fragte dann ungläubig „deines?“.
ich musste lachen + auch fidél gefiel ihre putzigkeit, das sah man. dennoch hielt sie sich zurück damit, ihn abzuknuddeln, wechselte einfach ein paar worte mit ihm + wischte sich das rührungszeug aus dem gesicht. ihr mann begann nun unruhig auf der stelle zu treten. unter dem licht der kinoanzeige wirkte er klein + unbeholfen, aber gut – ich hatte ihn damals nur selten zu gesicht bekommen.
zum abschied drückte mich frau werner.
„elisabeth, was hat mich das gefreut. ich habe oft an euch gedacht. du weißt, ich hatte euch gern. + der“, nicken in fidéls richtung, „der ist einfach richtig im leben. freu dich dran.“

das elternsein ist eine seltsame aufgabe. manchmal ist es ein flug durch die zeit, vorbei an wundern, an farben. manchmal ein tauchgang, bis auf den grund unserer wahrheiten. manchmal ein steinbruch, zäh. hat man etwas zerstört? kommt man vielleicht niemals an? was lässt sich geben? meine frühere nachbarin hat das große einfach gesagt. wohin auch immer dieser mensch sich entfaltet, glaube daran. + auch dass er es ändern kann.
hier ist die liebe. freue dich daran

12//05//2020 – 17:34 bei der sprache ist es so – sie gehört mir noch immer nicht richtig, bin immer noch dabei, sie mir anzueignen.

um es in die luft zu jagen, braucht man nun mal ein haus.
du hast deines geerbt
+ ich fang eben an zu bauen

18//05//2020 - 22:07 wusste es schon ganz früh -
wenn ich groß bin, werd ich jugendliche

07//06//2020 - 13:09 was soll das getue immer, man kann frischen eltern schon einfach eine gebrauchsanleitung mitgeben.
->
fest + sicher halten, aber - wichtig - nicht drücken.
also niemals.
ungefähr der eigenen liebe arme + hände wachsen lassen + damit das kind schaukeln, herumtragen. später vielleicht eher mal die hand halten oder über den kopf streicheln - es soll einfach wissen, dass man es gern anfasst. beim zubettbringen kann man ihm ab + an auf den herzschlag hören + dann den eigenen zeigen - „das ist immer da, bei dir + bei anderen".
auf so befreiungsbewegungen (winzige flügelschläge) achten + nach + nach den griff lockern. da wirklich fein hinspüren.
bitte nicht einfach loslassen, so ein kind ist echt fragil.
um es zusammenzufassen - mit liebe sichern + dann richtung freiheit lockern, das sind in etwa die hauptaufgaben (neben der allgemeinen instandhaltung).
+ irgendwann läuft es von allein + dann schon ganz fort, da soll man sich dann freuen.
muss man üben, aber ist toll.
wie sie dann fliegen mit weiten schwingen + man selbst steht unten, ungläubig rufend „wie zur hölle machst du das?".
das war's eigentlich auch schon.

jetzt hat man ein paar jahre frei + darf kräfte sammeln. denn bald werden sie ständig was von einem fordern, nicht taschengeld oder hausaufgabenhilfe, sondern dass man was einsieht, was ändert, doch noch ideal wird. Anstrengend, glaube ich, aber an diesem punkt bin ich auch noch nicht. jedenfalls werden die kinder nach dieser phase wohl selbst sowas wie eltern für ihre eltern.
ganz am ende sind sie es, die loslassen müssen.
vielleicht ein wunsch, den alle eltern gemein haben: nicht nach ihren kindern gehen zu müssen.
das wirklich seltsame an dieser beziehung ist ja – es muss alles seine klare ordnung haben, damit die menschen in ihr frei sein können.
gibt wirklich leichteres. das meiste daran muss man herausfinden, + fuck ja, man wird fehler machen. + nochmal fuck, sie sind nicht ganz egal.
es spricht also überhaupt nichts gegen gebrauchsanleitungen, doch sollte man wissen – sie werden nach nur wenigen sekunden vom leben überschrieben. fünf oder so.
erdling, übernehmen sie.
viel spaß
dabei

07//08//2020 – 01:38 wisst ihr, was fair wär?
wenn, wer 100 wird zugleich wieder auf null geht.
+ wenn ich bisschen wie du wär + er mehr wie der.
wenn schwarz ganz kurz nochmal die welt beherrschte
+ dann bald niemand mehr.
immer dessert.
einmal gebirge, zweimal meer.
niemand allein.
(außer man liebt es sehr)
so wär es fair.

09//08//2020 - 13:55 wann gehen wir schwimmen, fidél ?
dieses we ganz sicher nicht
:(
ey mama, das sind die letzten beiden tage meiner ferien, da will ich alle meine friends sehen
ach komm. als ob du nicht mal –
maa-maa. echt nicht.
okay ...
komm lass mal da rübergehen, hab einen roller klargemacht.
weißt du heute beim aufwachen hab ich was krasses realisiert: ich werde nie wieder sommerferien haben. klar urlaub, arbeitslos, was auch immer. aber niemals mehr sommerferien.
oh ja. stimmt. außer du wirst lehrer.
haha. eher noch gehe ich mit dir jetzt schwimmen.
ja? echt??
nei-ein. lass dich drücken, ich muss los.
das war nicht mal ne stunde jetzt. was ruft denn so dringend, party, boxen, straßenhängen?
die zukunft, mama. hab einen schönen tag!
+ los fährt er, die letzten worte wie ein flatterband hinter sich herziehend.

ein bisschen verloren stehe ich auf der verkehrsberuhigten kreuzung, fahrradfahrer umkreisen mich, ein dackel schnuppert an meinen füßen. kurz will ich hier erstarren, kurz + für die ewigkeit.

den hunden im viertel als pinkelsäule dienen. winde, wetter + wochen an mir vorbeiziehen, es herbst winter frühling + wieder sommer werden lassen. die schulkinder bemalen mich mit tags + pinken nippeln. ich will trotzen + harren, bis mein kind, ein handtuch über die schulter geworfen, mit seinem großen lächeln heranfährt. wo wollen wir hin, mama, an die krumme, wo babys ins wasser pinkeln + wir warme apfelschorle trinken?

unauffällig schüttele ich den kopf, um mich aus der starre zu lösen. die straße liegt nun leer, fidél ist längst nicht mehr zu sehen.
fidél, auf einem limeroller richtung zukunft unterwegs.
ich bin sicher, wir treffen uns dort. irgendwie irgendwann irgendwo an einer havelchaussee.
alle kinder sind lehrer. + manche lektionen eben schwerer

17//08//2020 – 08:01 ich habe dieses ritual, wenn ich traurig bin: eine mcdonald's-filiale betreten + ein mcsundae mit „extra viel schokosauce bitte" zu bestellen.
sie machen es nicht immer + auch nur selten richtig voll.
doch wenn, gibt es mir etwas glück zurück.

das glück eines entzündeten tages.
„vielen dank. weißt du, so werde ich nicht immer sein,
aber jetzt,
tu bitte noch etwas sauce rein"

25//08//2020 – 12:22 fidél zeigt mir ein video seiner kleinen schwester – man sieht sie von hinten, abends am pier.
sie starrt da lange in die dämmerung oder aufs meer. die füße nackt auf warmem grau, die wolken leuchten pfirsich.

als die kamera sich nähern will, fliegt sie los. ungestüm aus sich heraus + leicht wie ihre haare. kleine bö.
der pier ist lang genug oder hört niemals auf.

wisst ihr, wie kleine kinder rennen?
sie werfen ihre beine weg.
sieht lustig aus.

29//08//2020 - 16:17 wisst ihr noch, trampen?
so einfach, die alte welt.
jeansshorts, null geld, aber ferne ziele + die bereitschaft, sich hinter einer fränkischen raste zermetzeln zu lassen
wir waren frei

09//09//2020 - 07:33 (für birol ünel)

bei veronika hab ich's, glaub ich, zuerst gelesen.
also nur den namen.
aber ich wusste gleich, so wie alle anderen gleich wussten.

birol

ich hatte ihn jahre nicht gesehen + dann das letzte mal am kotti. er saß da auf der gestrandetenstufe, wie es sich gehört, mit ramponiertem gesicht + düsterer miene. als sie unversehens aufhellte, begriff ich erst nicht, bis er mich laut + freudig begrüßte. naja wahrscheinlich hätte jedes von früher vertraute gesicht diesen stimmungswechsel ausgelöst, er schien verlassen.
aber das jähe war schon sowas wie seine spezialität.

er war eigentlich keiner, den man mitten im leben sah. es war nur einfach so, dass er sich meist in irgendeinem trubel verbarg. auf ihm lagen immer viele hände + stets sah es aus, als spürte er sie nicht.
einmal in kreuzberg gestrandet, wurde er bald zu inventar.
er gehörte zur oststraße wie das grelle licht über den blumenständen, wie die berge aus sonnenblumenkernschalen + das springergebäude am sonnenuntergangsende.
selten habe ich ihn anders gesehen als: vor einem bier, mit großen erschrockenen augen oder den mund verzogen wie ein grimmiger alter + alles rauschen lassend.

über jahre saß er so in seinem stammladen am heinrichplatz, dem mit den großen fenstern.
würde man ihn mit einer statue ehren wollen, man müsste sie wohl dort, in dieser pose auf der langen stuhlreihe fixieren.

es war nicht schwer, ihn zu kennen.
ich teilte mit birol nur diese zeit + diesen ort. betrat er mit seiner entourage den laden, rollte ich die augen. ein abwesender umringt von darstellerfuzzis + randgestrandeten, sie gaben sich künstlerwild + gingen niemals freiwillig. bekamen sie nicht noch eine + noch eine runde, gab es geschrei.
tausendmal ein bier hinüberreichen, hundertmal einen weiteren strich ins schuldenbuch setzen + immer der vorsatz, ihn + seine leute diesmal frühzeitig (zwei, halbdrei) aus der tür zu bekommen. es wurde selten was.

am nachmittag kam er manchmal allein, suchte in den tiefen hosentaschen nach kleingeld für einen kaffee oder doch gleich ein bier. birol besaß eine schauspielerstatur. klein + ausgeprägt athletisch, dann diese anzüge die lose an ihm herunterhingen.
ein clown war er nicht. gastarbeiter trugen die anzüge so, umgenäht + die jacketts weit mit kurzen ärmeln. am theater mochten sie das auch.
dazwischen war er hineingebaut.

als er zum star wurde - einem echten, zumindest sehr anderem als seine deutschen schauspielkollegen - brachte er manchmal neue leute mit. sie kamen mit kameras oder schreibauftrag.
augenrollen half nicht mehr. beim aufnehmen der bestellungen verzog ich wohl zu sehr das gesicht, jedenfalls beschwerten sie sich.
eitel war birol übrigens selbst nicht wenig, ungefähr wie ein

affenkönig. er ließ sie kommen, ließ sich geschmeide anlegen
+ die haare machen. im gegenzug zeigte er beim gähnen
alle seine zähne + besonderen effort beim achseln kratzen.
gauklerboheme in natürlicher umgebung, man fand das
wunderbar.
er besaß diesen weißen anzug + auch einen schal + fuhr
damit nach cannes. bei der frühschicht zeigten wir uns
die fotos in der zeitung, birol auf der croisette + auf den
titelblättern.
eine woche später war er wieder zurück, münzen zählend an
seinem tisch.
man hätte denken können, der ruhm führte ihn von da weit
aus dem kiez heraus. doch so, wie ich es mitbekam, saß er ihn
hier aus.
mach mal bier für unsere runde, fünf, nein sieben. nee, geld
hab ich grad nicht. schreib auf, bald lege ich euch alles auf
einmal hin.
ich dachte: nicht dort, nicht hier, nur unterwegs mit bier.

beides stimmte - ein alkoholkranker stammgast wie es einige
gab, auch mit der groben lache + der unfähigkeit, etwas außer
sich selbst zuzulassen.
dazu war er begabt, bekannt + dann halt irgendwann
berühmt.
dabei hasste er den zwang der auferlegten bilder ohne ihnen
entkommen zu können.
wollte ein typ sein, ohne typ zu sein. rauhbein, aber kein
arschloch. arbeiterethos auch als künstler, mit straßencharme
der empfindung dienen. gerne ausländer, aber nicht diese
käfige als deutscher oder türke.
das klappte natürlich alles nicht.
in kreuzberg sah man ihn auch als eigenen vertreter, wie er
so taumelte zwischen gosse + licht.

mein kind war erst ein jahr zuvor zur welt gekommen, wir eltern seit eben gerade getrennt - birols großen karrieremoment nahm ich nur am rande wahr. im arbeitsalltag dagegen nahm er viel raum ein, zerbrochene gläser + ständige richtungswechsel.
benahm er sich in einem moment unmöglich, erschien er im nächsten wie gezähmt, fast schüchtern oder nochmal anders gefärbt - sanft. führte er sich eben noch mit dramatischer geste auf wie ein trotziges kind, konnte sein provozierender blick plötzlich in meeresgroße traurigkeit kippen - so ernst + grundsätzlich, als ginge sie alle an.
in diesen kippmomenten ließ sich klar erkennen, birols pole trieben auseinander + dazwischen fand er keinen grund.
man sah, dass er ganz + gar ungehalten war.
man sah ihn fallen + verstand: so ist es immer.
man sah endlich die angst + dann erst den alkohol.
man sah, dass er am schauspiel hing, weil es ihn fing.
mehr als das. es ließ ihn fliegen.
bis in den weißen anzug, bis nach cannes.

da hielt er schon so lange auf den abgrund zu, dass er vielleicht selbst geglaubt hat, er hätte sich mit diesem schauspiel coup vor ihm gerettet.
vielleicht dachten das aber auch nur die anderen.
noch bei seinem sturzflug zehn jahre später: könnte er nicht doch ein weiteres mal die richtung wechseln, aus dem fall heraus wieder nach oben steigen?
nein.

ich kann mir auch vorstellen - ist man ein leben lang in einer richtung unterwegs, will man irgendwann ankommen.
wer weiß denn. was wir hier abgrund nennen, ist auf der anderen seite ein licht oder eine aufgehende tür. + dort, wo es keine stimmen gibt, spricht trotzdem eine:

bienvenue birol. ich war nicht sicher, ob du noch kommst. du musst müde sein.

wie war dein flug?

25//09//2020 – 23:18 um 1 ins bett gegangen, um 4 aufgewacht.
die beine irgendwie warm + mein herz macht einen satz.
vollständig dunkel, das zimmer.
vielleicht werde ich nicht alt.
roman? nichts, was ich schreiben kann. ich sehe der welt ihr verschwinden an, aber zeit vergeht nüchterner + beiläufiger, als man es sich wünscht.
wenn eine person stirbt, ist es gar kein großes ding. vielleicht hält jemand inne, vielleicht eine verabschiedung mit stil.
soll da bedeutung sein, dann nur, weil ich es will.
dein fehlen wird größer sein als jede einsamkeit, zahnlos + stumm. sooooo weh.
warum sollte ich das wählen?
die frage nach deinem mädchennamen.
keine angabe
die kalte zigarette vor der anspruchslosen bäckerei neben dem bestattungsuntehmen.
von der markise tropft regen.
ein bus fährt ran, spuckt einen schwall leute aus, sie spannen schirme auf.
alltag, du römischer brunnen. gepflegte fingernägel, synthetische mäntel, durchdachte versicherungsverträge.
durch glas sehe ich: verkäufer + kunden, kunden + verkäufer.
ruckende kopfbewegungen.
wenn du willst, hält alles an.
das ist ein trick. du lässt dich von mir nicht mehr reinlegen.
in meinen kaffee fällt regen.
warum sollte ich das wählen?

26//09//2020 – 21:12 schöne erinnerung an das tresenmalheur im linken laden, war's die kastanie? nee irgendwas in friedrichshain.
vom letzten geld noch schnell drei mexikaner.
nehm ich zum anstoßen immer, man wird davon nicht so besoffen.
ich:
3 mexis bitte
antifamensch:
wie bitte?
ich:
3 mexikaner
a.m.:
aber du weißt schon, dass es diskriminierend ist, sowas zu sagen?
ich:
ich finde es nicht diskriminierend, aber auch zu egal. ich kann was anderes sagen.
was soll ich sagen?
a.m.:
bei uns heißt das jetzt rote fahne. vielleicht beschäftigst du dich mal damit, denn es ist nicht wirklich cool, die kritik an rassistischer sprache zu ignorieren.
ich:
ja. manchmal denk ich drüber nach. nicht sehr oft, aber denke ausreichend. vielleicht komme ich ja auch mal zu anderen schlüssen als bisher, kann sein. aber heute ist es nicht so. sag, kann ich meine drinks haben? müssen gleich los.
a.m.:
ja klar. moment
[wendet sich zu schichteinwechselndem kollegen]
machste 3x rote fahne?
kollege:

wat fürn ding?
a.m.:
ro te fah ne, 3x
er guckt ratlos
ich:
3 mexikaner. heißt bei euch jetzt rote fahne
kollege:
ach soo.
[in richtung antifamensch]
na sorry, du musst schon so mit mir reden, dass ich's
verstehe, hab nicht studiert oder so.
a.m.:
deutsch oder was?
ich nehme die mexis + geh

05//10//2020 - 01:35 hab mehr (oder expandierendere) gedanken, als mir sprache zur verfügung steht + es ist ein so unbefriedigendes gefühl.
also wie sich babys immer fühlen.
kein wunder, dass sie schreien.
ob schreien hilft?

19//10//2020 - 23:43 taxifahrer fragt mich, ob ich auch aus der türkei stamme.
gefällt mir, dieses neue deutschlandchaos

22//10//2020 - 23:52 jesses.
nun hat tatsächlich jemand vor mir ein buch über das kinderheim geschrieben.

seit einigen jahren bin ich stilles mitglied einer fb-gruppe von

ehemaligen des heims. ich schaue nur selten rein, eben habe ich die vielleicht fünf posts aus den letzten zehn monaten nachgelesen.
mit einem neuzugang vor ein paar tagen kam nun bewegung rein.
herr härtel - altvertrauter name, die schwester hatte oft von ihm gesprochen. aber wohin einordnen, war es der hausmeister, oder vielleicht der leiter des heimhofes?
schön, er war höflich genug, sich der gruppe mit einem post vorzustellen. ehemaliger marketingleiter der örtlichen sparkasse, wäre ich wohl nicht drauf gekommen.
wobei ... da, ganz hinten in den erinnerungen. das knaxklubkino mit 200 kindern in der aula unten, die freijetons beim rummel + natürlich - blutrote seventiesleibchen sponsored by sparkasse.
herr härtel hat seinen job engagiert gemacht.
+ nun, als vorsitzender des fördervereins „badisches brauchtum“, ein buch über unser heim geschrieben.
verstehe, lockdown-produkt. aber 23 kapitel?
es klingt schon super:
mit einem blick auf die wirtschaftliche situation des ortes vor 200 jahren startet das werk. es folgen die kapitel „Gasthaus Grüner Busch“ und „Kauf des Anwesens durch den Orden der Barmherzigen Schwestern vom Vinzenz von Paul im Jahr 1882“. dann die geschichte des hauses: mit kinderheim, kindergarten, krankenstation und ökonomie ...
25 tacken per vorauskasse. ja, vielleicht bestelle ich das.
danke herr härtel.
auch für das kino + die jetons.
manchmal ist auch die schwester mit mir boxauto gefahren, das wurde von ihren vorgesetzten aber nicht gern gesehen. die nonnen haben nicht frei über ihre zeit verfügt + sie eilte meist bald ins haus zurück, doch nie ohne mir die taschen

eilig mit bunten plastikbillets vollzupacken.
unter 10jahren durfte man nicht unbegleitet fahren, als kleines mädchen schon 3x nicht. ich stand also stundenlang um die scooterarena herum + hoffte, dass mich jemand mitnahm. schwester verpflichtete dazu gern unsere älteren, was nur selten klappte.

wenn aber doch, fuhr ich am liebsten mit christoph.
er vergaß mich, sobald die einwurfsirene ging.
frontalzusammenstoß bei beschleunigter anfahrt - wir mochten das beide. christoph stand auf heavy metal, irgendwie bei allem.
+ mir gefiel es, derart durchgeschüttelt zu werden.
+ dass die musik ohrenbetäubend war.
dass leute beim fahren rauchten.
mir gefiel rummel + drehende discolichter.
mir gefiel, im vergnügen angst zu haben.

fährst du mit mir? ich geb dir welche ab, versprochen.
wirklich, schau wie viele ich habe.
scooterfahren❤
wild, richtung abend dann brutal

bei einbruch der dämmerung übernahm die dorfjugend, wir kinder waren dann verbannt.
beim scooter wurde größeres ausgemacht. hinter den buden kloppten sich welche, heimkinder, bauernsöhne, stationierte. doch da hatte christoph mir längst die restlichen jetons abgenommen, es sei auch zeit für mich, zurück ins heim zu gehen.
„mann christoph bitte, ich brauch die morgen noch!"
„bettel die schwester an, bist doch ihr lieblingskind. elisabeth hier elisabeth da. also heul nicht."
+ recht hatte er.
aber das wussten wir beide damals nicht.

christoph zündete sich grinsend eine kippe an + ließ mich im buntlicht stehen. bad boy bad boy whatcha gonna do when they come for you?
von den kindern meiner wohnstation erinnere ich heute nur wenige namen. sie wechselten im laufe der jahre immer häufiger + ich war irgendwann nur noch zu gast, auch das dann seltener.
einen habe ich in der facebookgruppe wiedererkannt, er war damals schon viel älter.
was wir uns heute zu sagen hätten? nichts, was nicht mit anstrengung verbunden wäre.
viele der ehemaligen haben gezeichnete, manche verwitterte gesichter. nichtdeutsche sind äußerst wenige in der gruppe, von den ehemaligen heimkindern mit behinderungen gar keine.
die profilbilder zeigen unauffällige, südbadische arbeiterinnen, die sich nicht sonderlich um identität bemühen. irgendwie reingefunden.
ich erwarte coronaleugnungspropoganda auf ihren profilen, hier + da rassistische sprüche.
bisher bin ich nicht fündig geworden (ohne ausgiebig gesucht zu haben).
beides scheint keine oder keine teilenswerte rolle zu spielen.
ein paar verbinden christlichkeit mit egalitärem menschenbild, über die wichtigkeit gegenseitiger fürsorge besteht insgesamt konsens. viele teilen sinnsprüche oder gute wünsche. ich scrolle durch die profile + schäme mich leicht für meine vorerwartungen.
das einzige, was sich als typisch ausmachen lässt, ist ein angedeuteter, doch verbreiteter hang zu rocker- + motorradästhetik. kinder der siebziger.
wir waren verlassene.
haben uns sachen angetan, einander festgehalten +

in den schlaf geredet. haben gespielt in immer neuen konstellationen, „familie" oder einfach action. quer durch die film- + serienwelt: wilder westen, raumschiffbesatzung, verbrecherjagd.
wir waren vampire, dunkle schwärme in lila dämmerung.
dann spiele, die in hecken + kellerzugängen begraben liegen. nicht wecken.
wir haben zusammen gegessen (erwähnenswert: täglich dessert), pro schlafzimmer einen kleiderschrank besessen (nach größe geordnete unterwäsche), abends geduscht + in frotteebademäntel gewickelt ferngesehen.
bei den ärztlichen untersuchungen in der großen aula standen wir nach alter + impfgruppen geteilt. flüchtlingskinder wie mein bruder + ich mussten am ende noch die extraschleife zur behördlichen vorstellung drehen – ein auf der bühne (wie?) eingerichteter schreibtisch, namen sagen, zwei drei fragen, papierstapel zählen, stempelhämmern, abgehen. dann endlich in den hof entkommen + den restlichen nachmittag richtig aufkratzen.
wir haben unsere namen vergessen.
als einzelne haben wir uns wenig gekannt.
wir waren miteinander, vor allem
eine frau in der gruppe (ihre fotos zeigen ausschließlich kuscheltiere) schreibt nach den news mit dem erscheinenden buch einen post.
„Es ist für manche Menschen interessant, die Geschichte des Hauses Vinzenz zu lesen.
Es weckt sicherlich bei vielen von uns Erinnerungen, denn wir haben dieses Haus viele Jahre mit Leben gefüllt. Damals waren wir Kinder oder Jugendliche.
Manch einer hat dies als schöne Zeit gespeichert, andere haben wiederum auch heute als Erwachsener mit der Verarbeitung von Erlebtem zu schaffen.

Man kann beides darin erkennen.
Es wird immer ein Teil unserer persönlichen Geschichte und unseres Lebens sein.
Machen wir das Beste daraus!
Ich wünsche uns das. Und allen eine gute Zeit.“

wir sind 3millionen lichtjahre von zuhause.
+ warten auf signale. + senden.

26//10//2020 – 16:58 arg kalt,
+ dann auch windig draußen
ich werd bald winteralt
+ will ein komfortkissen kaufen
ich weiß nicht. mondschein von laaaang her.
wir sind die kastanienallee gelaufen
schnell vorbei an den wehenden brachen
ich weiße fellstiefel
du pickel am kinn.
ich hab dich angesehen
+ liebte dich so so sehr.
ja wie?
wie der mond die nacht + wie der frost berlin.
grad geht der sommer
+ ich werd bald mal alt.
nicht, dass ich traurig bin.
leuchtende sachen
fallen in küchengin.
du bist durch meinen atem gelaufen
+ wolltest mir kippen kaufen
mit einer mark fünfzig drin.
auf schiefen gehwegen maronistände
ihre kessel tauten kurz die hände.
wo sind die hin?

das lässt sich nicht so einfach sagen.
doch ganz ost berlin wusste
+ die fahrgäste in der tram konnten sehen
+ die rumtreiber im schwarzsauer applaudierten
+ das gleißende licht von blume 2000
hat noch dem rest verraten
dass hinter dem maronidampf
zwei glücklich waren
trotz minusgraden.
(apropos - maronistände.
kommt zurück. mildere winter
aber immer noch
hände)

04//11//2020 - 18:59 jetzt lasst mich halt im mäusebunker
wohnen.
als zittrignacktem tier
gefällt's mir hier.
+ hinter nassen mauern
lausch ich geborgen auf kanonen
hier wär ich sicher.
die alten feinde schlafen
dadort im eimer mit vergorenem
bei regen manchmal schnarchen
+ klopfen in den rohren.
im innern lila zimmer
draußen der mondenschein
+ drehe ich die hähne
schießt licht wie wasser ein.
so regnet es aus sternen
in mäuseseelen hinein

bevor dies ungetüm die lider schließt

tropft der gestirne schimmer
noch in die blinden scheiben ein.
bevor die nacht zuende ist
ist sie erstmal für immer

15//12//2020 – 12:02 vermisse
landschaften
mehr als
leute

irgendwie dampfende atmende wälder
nebel
schafe + wolkenschatten
weiße schindeln schwarze dächer
sonnendurchbruch nach gewitter
moos
nackt
weinbergschnecken
lichtvergessen
wie sich an haarspitzen tropfen sammeln
bachkieselgeklacker

das.

Die Autorin

„Am liebsten wäre ich in ein wurzelloses, technikfreundliches, kommunistisches Milieu hineingeboren, aber ohne allzu viel Streit.“

Elisa Aseva veröffentlicht ihre Kurztexte auf Facebook. Sie entstehen in Mittagspausen oder Feierabendsituationen und bleiben im Rohzustand: Schreiben als Abschöpfprodukt des Alltags einer ungelernten Arbeiterin. Sie lebt in Berlin.